KB041462

이재준의 뚜벅뚜벅

이재준의 뚜벅뚜벅

초판 1쇄 | 2020년 1월 3일

지은이 | 이재준
펴낸이 | 설응도　　　　편집주간 | 안은주
영업책임 | 민경업　　　디자인책임 | 조은교 박성진

펴낸곳 | 고려원북스

출판등록 | 2004년 5월 6일(제2017-000034호)
주소 | 서울시 강남구 테헤란로78길 14-12(대치동) 동영빌딩 4층
전화 | 02-466-1283　　　팩스 | 02-466-1301

문의(e-mail)
편집 | editor@eyeofra.co.kr
영업마케팅 | marketing@eyeofra.co.kr
경영지원 | management@eyeofra.co.kr

ISBN 978-89-94543-88-8　03810

이 책의 내용은 필자의 정부 정책 제안 내용과 도시문제 잡지, 한겨레신문, 중부일보,
경기일보 등에 실린 이재준 칼럼을 재구성한 것임을 밝혀둡니다.

노무현, 문재인의 정책설계사

이재준의
뚜벅뚜벅

이재준 지음

고려원북스

라이프 스토리

이재준이

걸어온 길
걸어갈 길

아버지의 시멘트, 어머니의 광주리가 나를 키웠다

나의 아버지는 노동자였다 ———

고등학교 3학년 학력고사를 보는 날이었다. 아버지는 매일 출퇴근하시던 오토바이로 수험장까지 나를 데려다주셨다. 평소처럼 별 말씀은 없었지만, 그날 아버지의 등에서 느껴지던 따스함을 나는 지금도 생생하게 기억한다.

아버지는 70대 중반의 나이에 세상을 떠나셨다. 막노동으로 가장의 역할을 다하시다 혈액암을 얻어 하나님의 품으로 가셨다. 충남 연기 출신의 아버지는 상고를 졸업한 후, 냉난방 보일러 기술자로 평생 가족을 부양하셨다. 학창시절, 아버지의 일을 도와드리러 갈 때마다 아버지는 시멘트와 모래, 물을 맨손으로 버무리고 계셨다. 그 시멘트가 몸에 쌓이고 쌓여 병이 되지 않았을까, 때늦은 후회를 해본다.

아버지를 떠올릴 때마다 가슴 한켠이 시려온다. 평생 가족 부양이라는 무거운 짐을 지고 사셨지만 잔소리 한번 부부싸움 한번 안 하셨던 아버지는 너무나 착한 사람, 성실한 가장이었다. 부모님 모시고 여행 한번 못 가본 것이 내겐 큰 후회로 남았다.

내 삶의 버팀목이 되어준 어머니 ———

조용하고 온순하셨던 아버지와 달리 어머니는 엄하셨다. 지금까지 내 삶의 버팀목이자 원동력이 되어주신 분이 어머니다. 어머니는 골목에서 채소 가게를 하셨다. 매일 시내에서 팔 채소와 물건을 떼서, 광주리 가득 머리에 이고 오셨다. 그렇게 열심히 모은 돈으로 고등학교 시절 처음으로 셋방살이에서 탈출할 수 있었다. 새 집에 들어가던 날, 환하게 웃으시던 어머니의 모습은 내게 한 장의 사진처럼 각인되어 있다.

어머니는 비록 소시민의 삶이었지만 작은 것에 감사하는 기독교인으로 항상 감사하며 살려고

노력하셨다. 아들을 바르게 키우겠다는 마음에 어머니는 늘 엄하셨지만 그것 역시 사랑이었음을 잘 안다. 나는 어머니의 훈육에 힘입어 맏아들로서 세상을 살아갈 힘과 세상에 대한 책임감을 갖게 되었다. 요즘도 힘든 일이 있으면 시골에 계신 어머니에게 전화를 드린다. 어머니는 늘 그랬듯이 용기를 주시고 기도해주신다. 어머니의 존재는 여전히 큰 산이다. 지금은 남동생이 어머니를 곁에서 모시며 효자 역할을 하고 있다. 든든하고 감사하다.

이재준의 뚜벅뚜벅

책을 좋아했던, 조용하고 착한 아이 ─────

자라면서 사춘기가 있었나 싶을 정도로 부모님 속을 태우거나 말썽을 일으킨 기억이 없다. 고등학교 3년 동안 나와 함께한 것은 책과 유도였다. 어려서부터 책벌레로 유명했다. 고등학교 때는 주로 학교 도서관에서 생활했을 정도였다. 저녁에는 체육관에서 유도를 하며 보냈다. 학창시절 내내 조용하고 착한 학생이었다. 나 역시 부모님 뜻대로 항상 올바르게 살려고 노력했다. 다만, 넉넉하지 못한 가정형편 때문에 고민하고 방황한 적은 있다. 아무리 생각해도 혼자 힘으로 대학 등록금을 마련할 엄두가 나지 않아 대학 진학을 포기해야 하나 생각도 했다. 전액 장학금을 주는 사관학교에 가는 것도 생각해봤지만 도무지 적성에 맞지 않는 일이었다. 나는 결국 인생이 이끄는 대로, 포항 집을 떠나 서울에 있는 대학에 진학하게 되었다.

나는노동운동이아닌
학문을 선택했다

· 코뿔소 학회장과 효자동 윗동네의 기억 ·

수업 거부 운동으로
얻은 별명 ———

서울생활과 대학생활이 동시에 시작되었다. 한마디로 별천지였다. 캠퍼스에는 책에서 볼 수 없었던 많은 정보와 사상들이 넘쳐났다. 이념 충격, 문화 충격, 빈부 충격이 한꺼번에 몰려왔다. 대학 3학년 때까지는 학생운동에 매진했는데, 대학에 들어와 내가 얻은 별명이 '코뿔소'였다. 고등학교 때까지 그 조용했던 학생에게 붙을 법한 별명은 아니었다. 내 성격이 다소 급한 이유도 있었지만 학생회에서 일을 해내는 추진력이 대단했다는 칭찬으로 받아들인다. 특히 학회장으로 반정부 시위를 위해 수업 거부 운동을 단호하게 결정하고 추진했던 것이 결정적이었다.

이재준의 뚜벅뚜벅

3학년 말이 되자 진로에 대한 고민이 시작되었다. 선배들은 노동운동을 권유했다. 당시는 졸업 후 안산이나 구로의 공장에서 노동자로 일하며 노동운동을 하는 것이 코스라면 코스였다. 머릿속에 부모님이 떠올랐다. 과연 노동자 부모가 원할 만한 선택인가? 집안 형편이 어려우니 맏아들로서 부모님을 편히 모시는 것이 우선이지 않을까?

"저는 이제 공부를 할 생각입니다"

고민이 깊어지던 중, 인생의 멘토를 만나게 되었다. 당시 '18세기 영시' 과목을 강의하던 교수님에게 5주에 걸친 인생 상담을 하게 된 것이다. 불투명한 미래에 대한 두려움, 부모님의 바람과 나의 꿈 등 많은 이야기를 나누었다. 내 이야기를 다 들으신 교수님은 '지금부터 열심히 공부하고 경제적으로 자립해서 네게 내재된 본래의 꿈을 좇으라'는 조언을 해주셨다. 진심어린 조언은 큰 힘과 용기가 되었다.

함께 학생운동을 하던 선후배들에게 "저는 이제부터 공부를 할 생각입니다. 그리고 훗날 전문가 운동을 할 것입니다"라고 선언했다. 그때부터 거의 도서관에서 살다시피 하며 공부에 매진했다. 석사와 박사 과정에 이르기까지 공부에만 전념한 덕분에 남들보다 조금 이른 나이에 공학박사 학위를 취득할 수 있었다.

어린 시절을 소환한
포항 효자동 프로젝트 ——

다행스럽게도 석사 과정부터는

경제적으로 자립할 수 있었다. 남들보다 많이 취득한 기사와 기술사 자

격증 덕분에 서울대학교 환경계획연구소에 취업했던 것이다. 마음 편

이재준의 뚜벅뚜벅

히 공부와 연구를 병행했다. 그런데 정말이지 우연찮게도 석사 과정을 하던 서울대학교 환경대학원에서 제2의 포항제철 주택단지 건설계획을 맡게 되었다.

이 프로젝트의 이름을 듣자마자 나의 어린 시절이 떠올랐다. 내가 살던 포항의 효자동은 윗동네와 아랫동네로 나눠져 있었다. 우리 집이 있는 아랫동네는 빈민촌이었고, 윗동네는 포항제철 사원주택이 자리 잡은 번듯한 주택단지였다. 나를 포함해 아랫동네 꼬마들에게 윗동네는 무한한 동경의 대상이었다. 당연히 나는 이 프로젝트 참여를 자청했다. 전문가로서 참여하는 첫 번째 주택단지 계획이 어릴 때 동경하던 포항제철 주택단지가 된 것이다.

석, 박사 시절에 연구한 주택단지 계획은 결국 도시계획과 도시설계로 이어졌다. 어릴 적 꿈이 학문과 연구로, 그리고 현장실무로 연결된 것은 내게 더없는 행운이었다. 현장 경험은 학자로서 더 설득력 있는 자문이나 심의의 토대가 되었다. 당시에 연구했던 도시설계, 친환경, 마을 만들기, 공동체 마을 등의 주제들은 20년이 지난 현재 중요한 어젠다로 부상했다.

나의 관심사는 평생 변하지 않았다 ———

공학박사 학위를 받은 후, 연구소에서 대학으로 자리를 옮겼다. 서른다섯이란 젊은 나이로 대학교수가

이재준의 뚜벅뚜벅

됐다. 협성대학교 도시공학과, 아주대학교 공공정책대학원 교수로 일했다. 대학에서 학생들과 함께 학문을 논하고 연구했던 행복한 시기였다. 매주 많은 과제를 수행하고 발표 위주로 진행된 강의는 곧 학생들에게 전설이 되었다. 학생들 입장에서는 엄청나게 힘든 강의였을 텐데, 나의 열정과 소통이 전해졌는지 언제나 교수 평가는 1등급이었다.

당시 학자로서 관심을 가졌던 분야를 한마디로 표현하자면 '지속가능한 도시'다. 지속가능하기 위한 방편이자 세부 항목인 환경친화적 도시, 생태도시, 탄소중립도시, 도시재생으로부터 거버넌스 도시, 포용도시, 스마트시티로 나의 관심은 계속 확장해왔다. 내가 꿈꾸는 도시는 쾌적하고 경제적으로 안정되어 있으며 시민이 주인인 '거버넌스 도시', 서로가 서로를 품어주는 '포용도시'다.

학교를 넘어 시민운동으로, 학자에서 전문가로 ———

교수로 일하면서 자연스럽게 시민운동에 참여하게 되었고, 학교 문밖을 나간 학문이 사회에서 구현되는 모습에 매력을 느꼈다. 경실련, 녹색연합, 환경정의시민연대 등에서 도시개혁과 환경운동의 논리를 제공하고 실제 행동으로 옮겼다. 특히 '시민참여 도시대학'을 10년 이상 운영했는데 개인적으로는 가장 인상에 남아 있다. 자신이 살고 있는 마을과 도시의 문제를 시민들이 직접 진단하고 처방하자는 취지는 이때 시작되었다.

시민대학은 '스튜디오 계획 및 설계'란 대학교육 방식을 도입해 주 1회 7주 과정으로 진행되었다. 경기도권의 시민들로 구성된 6~8개 팀이 매년 참여했고 그 결과가 곧바로 현장에 적용되는 놀라운 성과를 보여주었다. 이러한 성과가 알려지자 국토부는 전국교육모델을 만들어 줄 것을 요청했다. 결국 이는 국토부 정책으로 발전했다. 현재 많은 지자체들이 도입한 '도시대학', '마을대학', '도시재생대학' 등의 효시가 된 것이다.

학자로서 다양한 주제를 앞서 개척했음에 자부심을 느낀다. 국내외를 통틀어 각종 택지개발과 도시개발, 신도시계획 등 설계 과정에도 전문가로 참여했다. 특히 생태도시와 도시재생 분야에서 연구 성과와 현장에서의 노하우가 쌓여가면서 어느덧 명실상부한 이 분야의 전문가로 불리게 되었다.

이재준의 뚜벅뚜벅

'대통령의 정책설계사'라는
이름의 무게

· 10년 후 빛을 발할 아젠다를 발굴하다 ·

뜨거운 감자, 김대중 대통령의
개발제한구역 해제 ——— 　　학자로서, 또 전문가로서 자신
의 연구 결과가 현장에서 적용되고 사람들의 삶이 바뀌는 것을 지켜보
는 것보다 더 보람 있는 일을 찾기란 힘들 것이다. 그리고 그 보람의 정
점에 '대통령의 정책설계사'란 역할이 있다. 김대중, 노무현 정부를 거쳐
문재인 정부에 이르기까지 도시·환경 전문가로서 각종 국가정책에 도
움을 줄 수 있었다는 것에 큰 자부심을 느낀다.

　김대중 대통령이 공약으로 제시한 '개발제한구역 해제'는 대한민국
도시정책 전반을 뒤흔들 만큼 뜨거운 감자였다. 당시 필자는 35세로 남
들보다 이른 나이에 도시공학과 교수로 일하고 있었는데, 학계의 추천

으로 '개발제한구역 해제 및 관리'에 관한 법 제정에 참여할 수 있었다.

오랫동안 대립되어온 이해관계를 조정해야 하는 어려운 일이었다. 개발제한구역의 환경평가를 진행해, 해제 및 보전의 평가기준과 정책적 방향을 제시했다. 물론 환경단체와 많은 이견이 있었지만 '타협'이라는 방법을 통해 지방도시는 개발제한구역을 전면 해제하고 수도권과 대도

이재준의 뚜벅뚜벅

시는 보전하도록 했다.

당시만 해도 환경에 대한 인식이 낮아, 도시개발 프레임은 성장에 맞춰져 있었다. 난개발이 심각하게 우려되는 상황이었다. 과도한 개발을 억제하고 국토와 도시 관리 체계의 일원화가 시급했다. 이를 위해 도시계획법과 국토이용관리법의 통합을 시도했다. 최근 부동산 관련 대책이 나올 때마다 자주 등장하는 것이 「국토의 계획 및 이용에 관한 법률」이다. 현재 국토개발에 관한 최상위 법이기도 하다. 이 법이 도입되는 과정에서 법률의 방향과 세부 내용을 연구하고 제안했다.

노무현 대통령께 공로를 치하받다 ———

노무현 대통령이 가장 중요하게 생각한 국정철학인 '함께 사는 세상'은 도시정책에도 그대로 반영되었다. 참여정부의 주요 도시정책은 국토 균형발전과 지방분권에 초점이 맞춰져 있었다. 수도권 집중의 폐해를 막기 위한 분업, 분산, 분권 등의 국가 균형발전을 추진하면서 중앙정부를 지방으로 이전하는 신행정수도, 기업도시, 혁신도시를 적극적으로 추진했다. 필자는 노무현 정부부터 도시정책 설계와 기획에 본격적으로 참여해, 도시정책의 토대를 세우는 일에 동참했다.

당시 대통령 직속 자문기구인 '지속가능발전위원회'와 '국가균형발전위원회'에서 전문위원으로 활동했다. 또한 지금의 세종특별시 기틀을

마련한 '행정중심복합도시건설추진위원회'에서는 자문위원으로, 현재 주민참여 도시재생의 효시인 '살기 좋은 도시 만들기 위원회'에서는 부위원장으로 활동했다. 학자로서 지속가능한 도시·국토개발 분야에서 인정받고 왕성한 활동을 벌였던 시기였다.

참여정부에서 운용한 재미있는 정책이 있는데 바로 '도시 닥터' 제도다. 국가 균형발전 차원에서 지방의 낙후된 도시에 도시 전문가를 파견해 변화를 꾀하는 것이다. 당시 나는 경북 봉화에 파견되었다. 그곳에서 공무원들을 독려해 만들어낸 은어축제가 흥행에 성공했다. 송이버섯 박물관 건립도 추진했다. 많은 사람들이 봉화를 찾으면서, 2년 연속 1등 지방자치단체가 됐다. 청와대에 초정되어 노무현 대통령께 공로를 치하받기도 했다.

참여정부 당시에 필자가 가장 애착을 가졌던 활동을 꼽으라면 단연 '살기 좋은 도시 만들기 위원회'다. 현재 모든 지방자치단체가 추진하는 주민참여 도시재생 정책사업과 마을만들기의 원형이 이때 기획되고 집행됐다고 해도 과언이 아니다. 이 위원회에서 실시한 공모사업에서 경기 안산시 '광덕로·철도변 테마공원 조성사업'이 최초로 1등으로 선정됐는데, 실제 이 사업을 바탕으로 지금 안산의 랜드마크 격인 '안산 25시 광장'이 만들어졌다. 시민들이 함께 꿈꾸었던 도시사업이 현실이 된 것이다. 평소에 그려온 시민참여 도시계획이라는 꿈을 이룬, 작지만 큰 성공이었다.

문재인 정부의 도시 정책
프레임은 '국민 행복' ———

촛불혁명으로 탄생한 문재인 정부와도 발걸음을 맞추고 있다. 문재인 대통령 후보 시절 정책브레인 그룹이었던 '국민성장연구소'로부터 '국정기획자문위원회'를 거쳐 오늘에 이르기까지 문재인 정부의 성공을 위해 노력하고 있다. 아시다시피 문재인 정부는 인수위 구성도 없이 출범했다. 인수위 격으로 앞으로 5년의 국정 방향을 이끌 대통령 직속 '국정기획자문위원회'가 꾸려졌고 전문위원으로 위촉됐다. 국민의 기대와 관심이 높은 만큼 역대 어느 정부보다 강력한 드림팀 수준의 전문가들이 모였고 강도 높은 활동이 병행되었다.

국정기획자문위원회는 포용국가, 도시재생, 스마트시티 등 문재인 정부의 정책을 주도적으로 디자인했다. 내가 학자와 정책설계사로서 주장해왔던 포용도시, 스마트도시, 거버넌스형 지방분권의 국토 균형발전, 이 모든 것이 현재 문재인 정부 도시정책의 어젠다가 됐다. 또한 노무현 정부에 이어 문재인 정부에서도 대통령 직속기구인 '국가균형발전위원회' 위원으로 위촉됐다. 현재 지역활력 · 공간정책 전문위원, 국민소통 특별위원으로도 활동하고 있다. 정부의 국가균형발전 시행계획, 생활SOC복합화 사업, 국가균형발전종합정보시스템NABIS 구축 및 운영, 지역 활력 프로젝트 추진, 성장촉진지역 재지정 등 다방면의 일을 맡고 있다.

이재준의 뚜벅뚜벅

우리나라의 도시정책은 짧은 시간 내에 급변해왔다. 성장에 절대적인 가치를 두었던 시기를 지나서, 1990년대의 계획관리 정책을 거쳐 2000년대에 균형발전 정책으로 옮겨왔다. 현재는 양적 성장보다 질적 성숙과 국민의 행복을 최우선으로 하는 행복 중심의 정책으로 전환되었다. 도시는 한 사람 한 사람의 삶과 긴밀히 연결되어 있다. 도시가 바뀌면 삶이 바뀐다. 도시 전문가로서 국민의 삶의 질을 높이는 데 조금이라도 기여했다는 점에 큰 자부심을 갖는다.

신도시 수출 1호, 쿠웨이트 압둘라 신도시 ———

정부의 정책 설계뿐 아니라 국내외에서 진행되는 대규모 사업의 MP Master Planner로도 왕성하게 활동 중이다. 2018년 3월 한국토지주택공사LH 비상임 이사로 선임되어, 2019년 5월부터 지금까지 '한국토지주택공사LH 이사회' 의장 역할을 수행하고 있다. LH공사 사장을 포함해 총 15명의 이사로 구성된 한국토지주택공사 이사회는 LH가 추진하는 업무인 주택건설용지와 산업시설용지 개발사업, 공공시설용지와 남북경제협력 개발사업 등의 집행과 중장기 계획에 관한 주요한 의사결정을 주도한다. LH는 현재 자산총액이 약 180조 원으로, 약 30조 내외의 예산으로 연간 약 15만 호의 주택을 건설하는 공공기업이다. 그 무게에 걸맞는 무거운 책임감을 느낀다.

이뿐만이 아니라 국내외 신도시의 총괄계획가로도 활동하고 있다. 수원에서는 수원 2030 기본계획, 컨벤션센터 부지, 수원비행장 이전지 등을 총괄 계획했다. 현재는 쿠웨이트 압둘라 신도시와 서울 마곡지구의 총괄 업무를 추진하고 있다. 압둘라 신도시는 국내최초로 우리의 신도시 기술을 수출하는 초대규모 사업이다. 추정 사업비가 약 4조원에 이르고 64.4㎢ 면적에 4.5만 호 규모에 달한다. 특히 민간투자지역의 경쟁력 확보 및 투자유치 업무, 마스터플랜 작업을 진행 중이다.

서울 마곡지구는 서울을 동북아시아 경제중심도시로 육성하겠다는 목표로 컨벤션센터를 비롯한 마이스MICE 복합단지와 마곡R&D 산업단지, 마곡 테마명소거리 등을 중심으로 세계적 수준의 스마트시티로 계획 중이며 성공적인 개발로 호평 받고 있다.

평생 동지,
염태영을 만나다

· 생각과 신념이 같은 사람과 함께하는 기쁨 ·

사람에게 진심으로
감동하다 ───

살다 보면 인생의 전환점이 되는 소중한 만남의 순간이 있다. 지나고 보니 내게는 1998년 가을의 어느 날이 그랬다. 서울대학교 공학박사 학위를 받고 주택연구소에서 근무하던 시절이었다. 국내 최초로 '환경 친화적인 주거단지 모델'에 대한 연구를 수행하고 있었는데 반응이 꽤 좋아서 학회와 기관들의 강의 요청이 쇄도했다. 그 주제로 1998년 한국일보사가 주관하는 세미나에 참석했는데, 그 자리에서 염태영을 처음 만났다.

사람에게 진심으로 감동하기는 어려운 일인데, 그날 나는 그것을 고스란히 경험했다. 당시 수원환경운동센터 사무처장이던 염태영은 '수원천 복원 운동사례'를 발표했다. 그가 발표한 내용의 100%는 그가 몸소 실천한 것이었다. 나는 감동받았고 한편으로는 부끄러웠다. 염태영의 발표에 이어 내 차례가 되었을 때, 나는 예정에 없던 이런 내용을 덧붙이지 않을 수 없었다. "앞에 발표하신 분은 100% 실천한 내용이었는데,

저는 연구만 한 결과물을 가지고 나왔습니다. 앞으로는 실천하는 지식인이 되겠습니다." 이날 염태영에게 받은 큰 울림이 현장에서 실천하는 지식인, 실천하는 행동가로 살겠다는 다짐이 되었다.

염태영의 도전, 이재준의 당부 ———

그 후 함께 활동하면서 지척에서 본 염태영은 부드럽고 섬세하면서 스마트하고 따뜻한 사람이었다. 특히 지방자치와 미래 의제에 대한 이해와 애정이 크고 깊었다. 정책을 함께 논의하고 현장에서 함께 실천했다. 시민운동의 동지로서 지내며 우정과 신뢰를 쌓았다. 심재덕 시장의 3선 도전, 총선의 준비 과정에서 염태영과 함께 정책과 공약을 뒷받침했다. 김진표 의원과는 그때부터 인연을 맺게 되었다. 그리고 2006년, 수원시장에 도전하는 염태영을 동지로서 도왔다.

당시 시민운동을 하던 나는 교수 20여 명을 모아 수원의 미래 방향을 연구하고 탄탄한 공약을 만들어냈다. 그러나 염태영의 첫 도전은 실패했다. 그에 대한 신뢰가 두터웠기에 4년을 더 준비하며 기다리자고 했다. 내게는 염태영 같은 사람이 정치를 하면 대한민국이 건강해질 거라는 확신이 있었다. 2010년 염태영은 두 번째 도전에서 승리했다. 그가 당선된 날 "앞으로 20년을 정치하십시오. 대신 무엇보다 청렴하셔야 합니다. 그 하나만 지켜주십시오"라고 당부했던 기억이 난다.

이재준의 뚜벅뚜벅

그런데 그로부터 몇 달 후 전혀

예상치 못했던 일이 벌어졌다. 저녁을 함께하는 자리에서 염태영 수원

시장이 새롭게 신설되는 기술행정총괄 제2부시장직을 제안한 것이다.

당시 교수로서 바쁘게 살고 있는 나에게 왜 그런 제안을 하는지 오히려

반문했다. 그는 "우리가 함께 나눈 수많은 생각들, 고민들, 이론들을 나 혼자 책임지고 가게 하지 마라. 교수님도 책임감을 가져야 한다. 늘 그 랬듯이 우리 같이 하자"고 했다. 부시장직을 수행하기로 하면서 나는 한 가지 조건을 붙였다. "대신에 시장님 청탁도 안 됩니다." 온갖 인허 가를 책임지는 자리라는 걸 알기에 내린 단호한 의지이자 서로의 약속 이었다. 그렇게 행정가로서의 인생이 시작되었다. 그로부터 5년간 수원 시 제2부시장직을 맡았다. 염태영과는 모든 면에서 잘 맞았다. 함께 토 론하고 실천한 시간이 오래여서 가치와 신념이 비슷했다. 특히 서로 간 에 무한한 신뢰와 존중이 있었다. 덕분에 5년간 행정가로서 최선을 다 할 수 있었고 보람도 컸다. 염태영, 그는 내 평생의 동지다.

수원시 부시장이어서 행복했습니다

· 지속가능한 도시의 실험, 성공과 확신 ·

민선 시장 이래 최장수 부시장 ————

부시장의 임기는 통상 2년 남짓이라고 한다. 그런데 필자는 염태영 수원 시장이 민선 5 · 6기를 거치는 동안 무려 5년간 부시장직을 수행했다. 혹자는 민선 시장 이래 한 지역에서 재직한 최장수 부시장이라고도 했다. 기술행정총괄이란 이름 그대로, 도시계획에서 교통, 안전, 환경, 건축, 녹지 등 주로 기술 분야의 행정을 총괄했다. 학자로서 20년간의 연구 경험과 시민사회의 활동 경험을 현실 행정에 충분히 실현할 수 있었던 감사한 기회였다. 부시장으로 재직한 5년 동안 나의 지향점은 3가지로 정리된다. '지속가능한 수원', '거버넌스 수원', '환경친화적인 수원'이다.

지속가능한
수원을 위해 ———

나는 오래 전부터 '도시개발에서
도시혁신'으로 나아가야 한다고 주장해왔다. 개발과 혁신은 언뜻 들으
면 비슷한 것처럼 보이지만 질적으로 다른 것이다. 개발은 개발 자체가
우선순위이지만, 혁신은 그 안에 거하는 사람이 우선순위다. 개발은 지
속가능함을 따지지 않지만, 혁신은 지속가능하지 않다면 애초에 시작도
하지 않는다. '지속가능한 수원'을 위해 가장 먼저 공무원, 시민들과 생
각을 공유해야 했다. 학자로서 연구했던 미래의 도시란 방향성을 토론
과 협치라는 틀로 공유했다. 공감대 형성을 통해, 대규모 개발은 가능한
한 보류하고 수원의 미래를 위해 꼭 필요한 사업만 발굴했다. 수원컨벤
션센터, 수원산업단지, R&D사이언스 파크, 수원역 환승센터 등이 대표
적 사업으로 MICE 도시를 위한 도시 기반이 되어주었다.

초등학교 교과서에
수록된 모범사례 ———

'거버넌스 수원'이라는 말은 어
렵지만 '시민의 손으로 도시를 만들자'라는 슬로건을 보면 명쾌해진다.
주민이 참여해 자신이 살고 있는 도시를 바꾸는 참여 행위의 일종이다.
거버넌스 수원은 5개의 바퀴로 굴러간다. 시민들이 정책을 제안하고 평
가하는 '좋은시정위원회', 시민들이 예산에 직접 참여하는 '주민참여예
산제', 시민들이 도시정책을 직접 계획하는 '시민계획단', 시민들이 마을

이재준의 뚜벅뚜벅

도시는 누가 만드는 것일까요?

도시는 많은 사람이 함께 살아가는 곳이므로 어느 한 사람이 도시를 만들 수는 없습니다. 그리고 도시를 만들려면 엄청난 비용이 들기 때문에 나라에서 계획을 세우고 각 분야의 전문가들이 참여하여 도시를 만듭니다.

하지만 도시 계획 전문가들만 도시를 만드는 것은 아닙니다. 도시가 제대로 만들어지려면 전문가 외에도 도시에 살고 있는 사람들의 참여가 필요합니다. 도시에서 가장 중요한 것은 그 도시에 살고 있는 사람들이기 때문입니다.

수원시에서는 어린이와 청소년을 비롯한 시민들이 참여하여 2030년 도시 계획을 세웠습니다. '도시의 미래를 시민의 손으로 만든다.'라는 목표로 시작된 이 계획은 도시의 미래인 '꿈의 지도'로 완성되었습니다.

도시 계획에 학생들이 참여하는 모습 ◉

❶ 학생들이 만든 '꿈의 지도'

◉ 신도시의 개발 • **107**

만들기와 도시재생에 참여하는 '마을르네상스', 시민들이 정책 추진 과정에서 생기는 갈등을 조정하는 '시민배심원제'가 그것이다.

이중 '마을만들기'와 '도시정책 시민계획단'은 지난 5년간 수원시 부시장으로서의 행정 경험 중 가장 자랑스럽고 뿌듯한 정책 중 하나였다. 10년이 지난 현재, 마을만들기와 시민계획단 정책이 지속적으로 확산되어

이재준의 뚜벅뚜벅

전국의 지자체가 앞 다퉈 수용하고 있기 때문이다. 특히 '도시정책 시민 계획단'은 초등학교 4학년 교과서에도 모범사례로 등재되었다.

UN 해비타트 Habitat 대상을 받다 ———

가장 가시적인 성과를 낸 것은 '환경친화적인 수원' 정책이다. 2014년에 농진청이 이전하며 3만 2천 평의 땅을 민간에 팔려고 했다. 민간에 팔리면 아파트가 들어서 옛 풍경이 사라지며, 수원시민의 단골 소풍 장소이자 산책로, 아이들의 놀이터가 사라질 게 뻔했다. 그래서 중앙정부를 찾아가 담판을 지었다. 결국 시민의 추억이 담긴 땅이 무상으로 수원 시민의 품으로 돌아왔다. 또한 그동안 미완성 상태로 있던 수원천 복원을 완료했고, 광교산과 칠보산의 등산로와 산림 복원을 추진해 수원 시민들에게 푸름과 쉼을 선물했다. 또한 시민들의 여가생활을 위해 도시공원을 확대했고 '영흥수목원'과 '일월수목원'을 추진했다. 또한 물의 도시란 별명에 걸맞게 빗물저금통, 대형 빗물저장소를 설치해 생태순환형 도시의 기반을 다졌다. 일련의 환경친화적 정책들은 대한민국 지자체들이 벤치마킹하는 좋은 선례가 되었다. 덕분에 대한민국 지속가능한 도시대상, 정책대상은 물론 UN 해비타트 Habitat 대상을 수상하는 영예를 얻었다.

트레이닝복 차림으로
막걸리 잔을 건네는 부시장 ——

2013년 한 달 동안

수원에는 차 없는 도시가 있었다. '생태교통 페스티벌'을 추진하면서 세

계최초로 '차 없는 도시'란 실험을 한 것이다. 충분히 짐작되듯이 시작

부터 위기였다. "집값 떨어진다, 장사 못 해서 손해 본다"라며 주민들이

대대적인 반대 시위에 나선 것이다. 장기전을 각오하고 행궁동에 숙소

를 정했다. 저녁이면 트레이닝복에 슬리퍼 차림으로 주민들과 만나 막

걸리를 마셨다.

차 없는 마을의 상권 활성화에 관한 해외 사례를 정리해 술자리에서

이재준의 뚜벅뚜벅

공유했다. 한 달 동안 자동차 없이 생활하는 대신 행궁동을 반드시 도시 재생시키겠다고 약속했다. 행궁동 주민들의 삶이 좋아질 것이고, 국제 행사인 페스티벌이 열리는 한 달 동안 많은 사람들이 방문해 오히려 장사가 잘 될 것이라고 설득했다. 집요한 설득에 주민들이 찬성으로 돌아섰다. 결국 페스티벌에는 75개국 1,250개 도시가 참가했고 100만 명의 방문객이 찾았다. 세계 최초의 차 없는 마을 축제는 성황리에 끝났고 나의 용감했던 약속대로 행궁동의 경제도 살아났다.

힘들 때마다 나를 일으켜 세우는 아픈 기억 ——

지금에야 고백하는 일이지만, 생태교통페스티벌을 준비할 즈음에 막내아들이 축구를 하다 큰 사고를 당했다. 전두엽 뇌가 손상되어 심각한 뇌변증 상태였다. 낮에는 업무를 보고, 저녁에는 주민들을 설득하고, 늦은 밤에는 병원에서 가족들과 함께 아들을 간호했다. 잠을 거의 못 잔 채 몇 달 동안 수원시청, 행궁동, 삼성병원을 오갔다. 행여나 행사를 준비하는 공무원들과 시민들에게 걱정을 끼칠까 페스티벌이 끝날 때까지 아무에게도 소식을 알리지 않았다. 다행히 페스티벌은 성공적으로 끝났고, 가족의 정성이 하늘에 닿았는지 몇 개월 뒤 아들은 완치되어 이제 대학 입학을 앞두고 있다. 그 뒤 내겐 버릇이 하나 생겼다. 힘든 일이 생길 때마다 "그때 비하면 천분의 일도 안 되지"라며 스스로 주문을 걸곤 한다.

이재준의 뚜벅뚜벅

정치인 이재준으로
다시 태어나다

———

· 더불어민주당, 문재인 대통령, 수원 장안과의 인연 ·

지식은 현장에서
더 빛나기에 ———

평생 학자로 살아갈 것이라 여겼던 내 삶은 수원시 부시장직을 경험하면서 큰 전환점을 맞았다. 학자 이재준이 정치인 이재준의 면모를 각성하게 되었다라고 할까. 대한민국 제도와 정책의 문제점이 눈에 보였고, 그것을 수정하고 새로운 비전을 설립할 능력도 있었다. 욕심이 났다. 국가의 문제를 직접 해결하고 더 좋은 민주주의를 현장에서 실현하기 위해 나는 현실정치에 뛰어들었다. 지역위원장을 맡아 지역 발전에 힘쓰면서, 정당 활동을 통해 더불어민주당의 정신을 계승하고 문재인 대통령의 정권창출을 위해 노력했다.

더불어민주당과의 인연은 2016년으로 거슬러 올라간다. 제19대 대통령 선거를 앞두고 '더불어민주당 정책위원회'의 부의장 역할을 수행했다. 대한민국 국토 및 도시정책을 비롯해 경제와 복지, 소외계층을 위한 포용적 성장, 재난과 안전을 위한 회복력의 국토 및 도시정책 등의 공약을 집중적으로 제안하고 검토했다.

더불어민주당의
혁신과 함께하다 ————

2017년 8월부터 4개월 동안은 최재성이 이끄는 더불어민주당 정당발전위원회의 기획단장을 맡았다. 정당발전위원회의 요체는 당원들의 의사를 상향적으로 반영하는 민주적 구조를 만드는 것이었다. 당원 즉 국민을 중심에 둔 혁신이다. 기획단장으로서 자발적 당원 모임인 '당원자치회'를 설치하는 것은 물론 권리 당원의 권한을 강화하는 내용이 대폭 반영되도록 노력했다. 특히 권리당원 강령 개정, 합당·해산 시에 투표로 의견 반영, 투표·토론·발안·소환 4권을 보장하는 방안을 포함하는 등 민주당의 근간이라 할 수 있는 당원들의 권리를 강화하고자 노력했다.

2018년 11월부터 현재까지, 더불어민주당 경제 싱크탱크인 '국가경제자문회의'의 위원으로 활동하고 있다. 4차 산업혁명시대의 성장 동력인 기술혁신형 중소벤처기업 육성을 위해 금융혁신과 유니콘 기업을 늘리는 데 기여했다. 특히 국토종합계획 및 국토·건설 분야의 미래 방향과 규제 완화를 위해 애쓰고 있다.

이재준이 걸어온 길, 걸어갈 길

이재준의 뚜벅뚜벅

문재인 대통령의
승리와 성공을 돕다 ———

문재인 대통령과의 만남도 더불어민주당과의 인연과 궤적을 같이 한다. 2016년 말부터 문재인 후보 캠프의 '정책공간 국민성장'과 '인재영입위원회'에서 활동했다. '정책공간 국민성장'은 정의로운 성장과 국민 개개인의 삶을 향상시켜줄 스마트시티, 도시재생뉴딜 등의 국토 및 도시정책 분야의 새로운 정책을 제안했다. 또한 같은 시기에 진행된 '인재영입위원회'에서는 문재인 후보를 지지하고 함께 성장할 수 있는 다양한 분야의 청년, 여성, 전문인들의 국가 인재를 영입하는 노력을 함께했다.

2017년 제19대 대통령 선거 과정에서는 '문재인 대통령 후보 경기도 공동선대위원장과 수원갑 선거위원장을 맡았다. 경기도와 수원 지역의 당원들과 함께 문재인 대통령의 승리를 위해 정책을 공유하고 거리 유세를 했다. 특히 당시 수원갑(장안) 지역의 자전거 유세, 청년들의 거리 공연 등은 전국적으로 유명세를 탔다.

수원 장안에서
'나를 믿어 달라'고 외치다 ———

2016년 나의 인생이 새로운 계기를 맞게 된 또 하나의 사건이 일어났다. 수원장안의 현역의원이 탈당한 것이다. 졸지에 리더를 잃은 당원과 지지자들은 망연자실했다. 비록 평당원이었지만 두고 볼 수만은 없었다. 나서서 당원들을 붙

잡았다. 당시 촛불혁명은 당원들을 규합하고 뭉치게 할 수 있는 힘이 되었다. 매주 당원들을 모아 광화문 촛불집회 장으로 향했다. 2017년에는 본격적으로 지역위원장을 맡아, 탈당한 의원과 함께 일했던 당원들에게 "저를 믿고 계속 같이 합시다!"라며 연락을 취했다. 그 후 하나 된 당원의 힘으로 17년 대선, 18년 지방선거를 승리로 이끌었다. 중앙당과 경기도당의 우수지역위상부터 당대표 특별포상까지 3관왕의 영예도 차지했다. 사고지역위가 최고 지역위가 되었고, 최우수 지역위원장으로도 인정받았다. 함께 노력해준 더불어민주당 당원들과 시·도의원들에게 감사할 따름이다.

행정가로서 거버넌스를 경험했던 것을 십분 활용해 당원과 소통하고 국민과 소통하는 정치를 이루고자 했다. 지역의 문제들을 함께 해결하기 위해 연간 20회가 넘는 토론회와 간담회를 통해 시민들을 만났다. 골목에서 한 분 한 분 만나 논의하고 경청하며 아래로부터bottom up의 민주주의를 실현하려고 노력했다. 최초라는 타이틀도 많이 얻었다. 2018년 지방선거 때는 시민의 알 권리를 위해 전국 최초로 예비후보자 토론회를 개최했다. 2019년 3월에는 지역위원회 최초로 '300인 원탁토론'을 통해 장안의 미래 성장 동력에 대한 토론회를 열었다. 시민이 스스로 필요한 것을 결정하고 논의하는 새로운 정치를 현장에서 실천했다.

"현역의원보다
낫네!" ———

5년간 수원시 부시장을 지냈기에
어떤 민원을 어떻게 해결해야 할지를 바로 판단할 수 있었고 실행도 그
만큼 빨랐다. 공무원 연수기관들이 이전하면서 휑해진 파장동의 하숙촌
마을은 콘서트와 축제가 열리는 문화의 공간으로 바뀌고 있다. 교통 체
증에 시달리던 정자3동 중심상가 일대는 보행로를 넓히고 시민들의 쉼
터가 있는 감성상권이 되었다. 이 모두가 주민들과 머리를 맞대 논의하

고 이뤄낸 일이라 더 큰 보람을 느낀다.

초등학교부터 경로당까지 직접 돌아다니며 무엇이 불편한지 조사했다. 체육관이 없는 학교엔 체육관을 신축하고, 경로당의 고장 난 냉장고와 낡은 TV들을 새 제품으로 바꿨다. 연무동에는 183억 원 규모의 지역 살리기 사업이 시작되었다. 낡은 집들은 깨끗하게 단장될 것이고 보행로가 넓어져 모두가 안심하고 걷게 될 것이다. 어르신들을 위한 AI 말동무, 동네목욕탕, 문화센터도 빠질 수 없다. "현역의원보다 낫네!" 주민들에게 듣는 최고의 칭찬이다. 도시 전문가 20년, 수원 시정을 책임진 5년, 지역위원장 3년의 경험이 입체적으로 자가발전을 일으켜 가능한 일이었다고 자평한다.

더 좋은 세상을
보여드리겠다는 약속

· 꿈을 앞당기기 위한 첫발을 디디며 ·

근본적인 변화는
법과 제도로부터 ──────
행정을 통해 삶을 바꾸는 것은
행정가의 몫이지만 그 한계는 분명히 존재한다. 근본적인 변화는 법과
제도의 변화에서 시작되기 때문이다. "제발 법을 바꿔주십시오. 그래야
우리 주민들의 삶이 바뀝니다"라고 수없이 국회의 문을 두드렸지만 돌
아오는 대답은 없었다. 결국 스스로 정치에 뛰어들기로 했다. 살기 좋은
도시를 꿈꾸던 교수이자 시민운동가는 행정가로 변신했고, 이제 다시
본격 정치인의 길로 들어서면서 신발 끈을 다시 조여 맨다.

나는 권력 · 계파 · 이념에 떠밀리는 정치가 아닌, 시민이 참여하는
정치, 서로 무릎을 맞대는 정치, 생활이 중심이 되는 정치를 꿈꾼다. 시

민이 불편을 느끼는 제도를 고치고 시민의 정치 참여를 법과 제도로 정착시키고자 한다. 시민의 손으로 도시를 바꾸고 나라를 바꾼다는 내 오랜 꿈을 현실로 만들고자 한다. 정치는 인간다운 삶을 위해 상호간의 이해를 조정하는 것이라 생각한다. 동시에 국민들에게 더 좋은 세상을 약속하는 것이다. 국민의 선택을 앞둔 정치인으로서, 그 동안의 모든 경험을 토대로 이러한 비전을 앞당기는 것이 책무라 생각한다.

장안을 바꿔놓겠다는 열정으로 ───

수원 장안 지역은 들어오는 사람보다 떠나는 사람이 더 많아진 수도권 베드타운이 되었다. 공공기관과 기업들이 떠나고 있는 장안이 수원에서 가장 낙후된 지역으로 변해가는 것을 더 이상 두고 볼 수는 없었다. 지역경제를 살리고 교육, 복지, 교통 등 생활 인프라를 확대하고, 이 과정에서 주민들이 적극 참여할 수 있는 도시 혁신이 필요하다. 나는 이러한 획기적인 도시 플랜을 실행할 전문성과 담대한 비전을 갖고 있으며, 무엇보다 뜨거운 열정이 있다. 장안의 문제를 수원시, 경기도, 중앙정부와 연계해 해결할 의지와 방법도 알고 있다. 기회만 주어진다면 가장 이상적인 방법으로, 가장 빠른 시간 내에 장안을 새롭게 변신시킬 것이다.

정치인 이재준이 뚜벅뚜벅 걸어가는 길 끝에는 '모두가 행복한 세상'

이재준의 뚜벅뚜벅

이란 이정표가 걸려 있을 것이다. 그 목적지를 향해 거침없이 나아가겠다고 약속드린다. 집단지성의 힘이 작용하는 사회, 서로를 따스하게 보듬어주는 포용의 세상, 남과 북이 하나로 어우러지는 내일, 그것이 바로 이재준의 3가지 비전이다.

첫째, 집단지성으로 만드는 참여의 정치

집단지성으로 대한민국 정치를 '권력정치'에서 '참여정치'로, '계파정치'에서 '협치정치'로, '이념정치'에서 '생활정치'로 바꾸는 데 일조할 것

이다. 이미 촛불혁명으로 높아진 국민들의 눈높이에 맞추어 참여와 협
치의 '거버넌스 정치'로 새로운 시대에 맞는 새로운 정치를 실천하고자
한다.

둘째, 따뜻한 포용국가의 실현

우리 사회가 직면한 계층 간 갈등, 양극화 및 불평등은 시급히 해결

이재준의 뚜벅뚜벅

해야 할 문제다. 문재인 정부와 함께 정치의 패러다임이 포용국가로 전환될 수 있도록 노력할 것이다. 포용국가는 일부 소외계층을 위한 정책이 아니라 우리 모두가 행복해지는 세상을 만드는 지름길이다.

셋째, 한반도 신경제 구축

한반도 신경제는 경제 문제를 넘어 민족의 비원인 통일 문제와 연결되어 있다. 남북 평화를 토대로 'DMZ생태평화벨트'를 조성하여 세계축제의 장을 만들고, 경의선과 동해선 교통축을 중심으로 '한반도 경제발전 인프라'를 구축한다. 또한 다양한 남북교류로 한반도의 새로운 경제권을 창출하는 것이다. 특히 남북 평화공동체의 '평화특별자치시'를 조성하여 '한반도 신경제'의 중심으로 삼는다.

혼자 꾸는 꿈은 단지 꿈이지만, 함께 꾸는 꿈은 현실이 된다.
정치인 이재준의 꿈에 국민의 꿈이 한 층 한 층 쌓이면
우리가 꿈꾸는 내일은 더 빨리 우리 곁에 올 것임을 믿는다.

차 례

라이프 스토리 | 이재준이 걸어온 길, 걸어갈 길 ⋯⋯⋯⋯⋯⋯⋯⋯⋯⋯ 4

여는 글 | 도시의 주인은 시민이다 ⋯⋯⋯⋯⋯⋯⋯⋯⋯⋯⋯⋯⋯⋯⋯⋯ 56

I 우리가 꿈꾸는 도시

#1 이제, 지속가능한 도시로 ⋯⋯⋯⋯⋯⋯⋯⋯⋯⋯⋯⋯⋯ 63

1. 진화하고 있는 도시의 역사 ⋯⋯⋯⋯⋯⋯⋯⋯⋯⋯⋯⋯⋯⋯⋯ 64

2. 도시의 성장과 도시화 수준 ⋯⋯⋯⋯⋯⋯⋯⋯⋯⋯⋯⋯⋯⋯⋯ 69

3. 개발성장 시대의 불균형 · 불평등 도시 ⋯⋯⋯⋯⋯⋯⋯⋯⋯ 73

4. 소멸위기 지방도시의 미래 ⋯⋯⋯⋯⋯⋯⋯⋯⋯⋯⋯⋯⋯⋯⋯ 78

5. 지속가능한 도시를 위한 3가지 청사진 ⋯⋯⋯⋯⋯⋯⋯⋯⋯ 85

#2 도시개발에서 도시개혁으로 ⋯⋯⋯⋯⋯⋯⋯⋯⋯⋯ 93

1. 도시개혁의 주체는 시민이다 ⋯⋯⋯⋯⋯⋯⋯⋯⋯⋯⋯⋯⋯⋯ 94

2. 모두를 위한, 포용도시 ⋯⋯⋯⋯⋯⋯⋯⋯⋯⋯⋯⋯⋯⋯⋯⋯ 98

3. 자본 중심에서 사람 중심의 도시로 ⋯⋯⋯⋯⋯⋯⋯⋯⋯⋯ 103

4. 새로운 도시 플랫폼, 거버넌스 도시 ⋯⋯⋯⋯⋯⋯⋯⋯⋯⋯ 109

5. 거버넌스, 수원시에서 꽃피다 ⋯⋯⋯⋯⋯⋯⋯⋯⋯⋯⋯⋯⋯ 113

II 도시를 도시의 주인에게

#1 시민을 위한 도시 만들기 ································ 131

1. 공유경제가 바꿀 도시의 모습 ·························· 132

2. 동네 숲과 도시 공원 ······························· 137

3. 도시공공시설을 둘러싼 갈등 ························ 144

4. 토지공개념과 국토보유세 ·························· 149

5. 수도권 3기 신도시 건설 ·························· 154

#2 지속가능한 도시를 위한 인프라 ················· 161

1. 최소한의 주거권 보장 ······························ 162

2. 친환경 교통수단, 트램과 BRT ··················· 167

3. 미래 도시의 새로운 여가공간 ···················· 172

4. 개발제한구역에 대한 새로운 접근 ··············· 177

5. 사회적 약자의 도시권 보장 ······················ 182

III 내 삶을 바꾸는 새로운 도시

#1 마을 만들기, 수원시의 실험 ································ 197

1. 새로운 대안운동, 마을 만들기 ································ 198
2. 마을 만들기의 성공을 위한 정책 방향 ················ 203
3. 수원시 마을 만들기 실천 사례 ···························· 208

#2 도시재생 뉴딜정책 ·· 223

1. 도시개발에서 도시재생으로 ································ 224
2. 핵심 국정과제로 떠오른 도시재생 ······················ 238
3. 도시재생 뉴딜정책의 성공을 위한 10가지 방향 ···· 247
4. 국내외 도시재생사업의 사례와 교훈 ·················· 258

Ⅳ 장안에 사는 것이 행복해지도록

#1 장안의 3가지 비전 ··· 283

1. 경제 활력을 높여줄 북수원테크노밸리 ·························· 285
2. 도시재생을 통한 낙후지역의 활성화 ·························· 292
3. 삶의 질을 높이는 생활SOC ···································· 296

#2 활력 넘치는 내일의 장안 ·· 301

1. GTX와 장안의 미래 ··· 302
2. 장안의 도시계획적인 토지 활용 방안 ························· 306
3. 정자동 국가공유지의 변신 ······································ 310

Ⅴ 통일한국 시대를 준비하다

1. 한반도 신경제지도 구상 ··· 318
2. DMZ에 남북 평화특별자치시를 ································ 323
3. 북한의 공공주택사업에 참여 ···································· 327

참고문헌 ··· 331

도시의 주인은 시민이다

　이 책을 쓰게 된 동기는 '도시의 주인은 시민이다'는 한 문장의 명제로 집약된다. 이 명제는 단순하고 명쾌하다. 반론의 여지도 없다. 그런데 우리는 지금 이 도시의 진정한 주인이라고 느끼며 살아가고 있는가? 주인으로서 얼마나 주권을 행사하고, 그 권한에 맞는 책임을 지고 있는가? 이러한 질문에 쉽게 대답하지는 못한다. 대체로 우리는 도시에 대해 무관심하다. 그동안 우리는 주인으로서 당연히 가져야 할 도시에 대한 성찰이 부족했다. 도시는 나와는 상관없는 배경일 뿐이었다. 주인으로서의 인식도 개입도 없이, 그저 도시에서 태어나고 공부하고 일하면서 정신없이 살아가고 있을 뿐이다.

이제부터라도 도시의 주인으로서 각성이 필요하다. 도시의 주인답게 당당하게 요구하고, 결정하고, 실천해야 한다. 도시의 주인으로 거듭나기 위해서는 먼저 우리가 살고 있는 도시에 대한 인문학적 성찰이 필요하다. 도시의 생성과 진화, 쇠퇴의 과정을 살펴보고 도시의 한계와 비전을 이해하고 공유해야 한다. 인문학적 성찰을 통해 주인으로서 올바른 권한을 행사해야 한다. 바로 이것이 이 책을 쓰는 목적이다. 도시의 주인임을 각성해야 살고 있는 도시를 더 나은 도시로 변화시킬 수 있다. 소멸 위기에 있는 지방도시를 다시 살릴 수 있고 통일 한국의 비전에도 기여할 수 있다. 더 나아가 도시의 주인이라는 성찰은 더 좋은 민주주의를 정착시키는 데도 기여할 수 있음이다.

사람은 도시를 만들고, 도시는 사람을 만든다

사람이 만든 도시가 우리의 삶을 바꾼다. 삶이 바뀌면 결국 사람이 바뀐다. 이러한 인식을 바탕으로 우리가 삶을 영위하고 있는 무대인 도시에 대한 다면적 고찰이 필요하다. 인간이 함께 모여 살면서 만들어진 도시는 끊임없이 변화하며, 그 시대가 요구하는 기능과 역할을 해왔다. 그러니 우리 시대가 요구하는 도시의 역할에 대해 고민이 필요하다. 도시가 어떻게 변해야 우리의 삶이 행복한지 살펴보아야 한다. 이를 위해서는 단편적인 접근에서 벗어나 도시의 과거, 현재, 미래가 만들어내는 흐름 속에서 변화의 방향을 모색해야 한다.

　도시는 우리 삶의 모든 것이 담겨 있는 현장이다. 인간의 역사가 오롯이 담겨 있다 해도 과언이 아니다. 도시는 생명력 넘치는 삶의 무대이자 우리가 살아갈 역사적 공간이다. 도시 곳곳의 모든 장소가 살아 있는 역사이며, 우리들 삶의 합집합이다. 정치 · 경제 · 사회 · 문화 · 역사 · 철학이 실타래처럼 한데 뒤엉켜 있는 것이 바로 도시다. 독재와 통제의 시대, 자본과 착취의 시대도 있었지만 그 흔적들은 서서히 역사 속으로 사라져 가고 있다. 이제는 도시에 대한 인식도 새로운 옷으로 갈아입어야 한다. 대한민국 임시정부 수립 100주년을 맞이해 새로운 통일한국 100년이 논의되고 있다. 새로운 도시개발 100년의 미래를 논의해야 할 때이다.

도시개발을 넘어선 도시혁신이 필요하다

　지금 전 세계의 도시들은 더 많은 일자리, 교육, 의료, 문화, 예술, 여가, 상업 등의 사회적 서비스의 집중화가 이루어지고 있다. 소득과 부가 국가 전체보다는 도시에 집중되고 있는 것이다(McKinsey Global Institute, 2011). 도시가 성장하고 발전하는 과정에는 근본적으로 도시개발이 따른다. 도시를 새롭게 확장하고 고치는 것이다. 그러나 도시개발은 관점에 따라 긍정적으로 혹은 부정적으로 달리 해석될 수 있다. 이제는 단순한 양적 성장인 도시개발 프레임에서 벗어나 도시혁신이라는 새로운 옷을 갈아입어야 한다. 인식 전환을 통해 따뜻하고 행복하고 안전하고 풍요로운 도시로 나아가야 한다.

도시개발이 아닌 도시혁신을 논의해야 할 때다. 도시혁신에 대한 담론은 더 좋은 민주주의를 실천하는 지렛대 역할을 할 것이다. 더 좋은 민주주의의 정착은 우리가 살고 있는 도시에서 시작되기 때문이다. 도시 전문가들뿐 아니라 도시의 주인인 시민들이 과거의 도시개발 프레임에서 벗어나 인문학적 도시혁신으로 인식을 전환하고 실천하는 데, 이 책이 마중물이 된다면 더 이상 바랄 것이 없다.

"도시혁신의 주인공은 시민들이다."

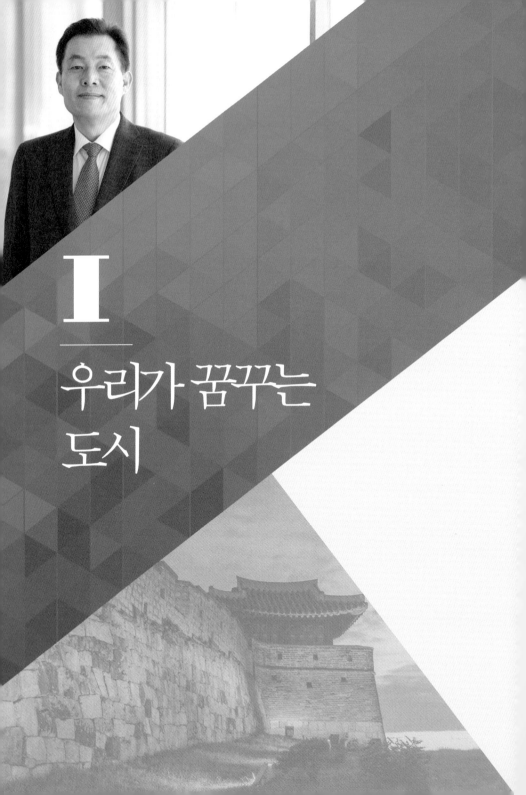

I

우리가 꿈꾸는
도시

지속 가능한 도시를 위해서는 세심하지만 과감한 도시정책의 패러다임 변화가 필요하다. 이러한 패러다임의 변화는 모든 시민의 행복한 삶의 질적인 측면에 분명히 도움이 된다. 왜냐하면 미래의 도시는 단지 GDP로 평가되지 않고, 더 나은 시민의 삶의 질과 환경을 실현하고자 하는 진보된 도시정책으로 평가될 것이기 때문이다. 이제는 지속 가능한 도시를 위해서 다음과 같은 도시정책의 플랫폼을 새롭게 고려할 필요가 있다.

Innovation of City

#1

이제, 지속가능한 도시로

1. 진화하고 있는 도시의 역사

2. 도시의 성장과 도시화 수준

3. 개발성장 시대의 불균형·불평등 도시

4. 소멸위기 지방도시의 미래

5. 지속가능한 도시를 위한 3가지 청사진

01

진화하고 있는 도시의 역사

인간은 대부분의 생물과 같이 군집생활을 한다. 상호의존적이기 때문이다. 군집을 통해 서로가 서로에게 도움을 주며 생존에 유리한 공동체를 추구하는 것이다. 인간의 대표적인 군집생활이 바로 도시都市 생활이다. 생활공동체로 시작된 군집생활은 자급자족을 기본으로 생산수단을 공유하고, 외부로부터의 안전을 위해 자치 및 생활 협력을 하는 조직을 가졌다. 도시는 그 시대의 사회상을 반영하고, 구성원들의 욕망을 대변한다. 그래서 도시는 살아 있는 유기체와 같다. 끊임없이 진화하고, 진화하지 않으면 소멸한다. 따라서 역사는 도시를 만들었고 도시는 역사가 되었다. 이런 측면에서 역사적으로 진화한 도시의 역사를 살펴볼 필요가 있다.

이재준의 뚜벅뚜벅

권력의 도시 최초의 도시는 농업혁명으로 탄생되었다. 채집생
활, 수렵생활을 거쳐 기원전 600년쯤 신석기시대
에 인류는 새로운 발전의 전환기를 맞이했다. 농경과 목축을 통한 생산
경제를 발달시킨 농업혁명 덕분에 잉여생산물이 발생했고, 초기 도시는
잉여생산물을 저장하고 분배하는 장소 역할을 했다.

최초의 도시는 메소포타미아와 이집트에서 지중해 동부 전역, 북아
프리카 및 남부 유럽의 해안을 따라서 인더스 계곡에서 중앙아시아로,
황하 지역에서 중국의 동북쪽으로, 아메리카 전역에 걸쳐 확산되었다.
이들 문명 도시들은 고대 도시라 불린다. 고대 도시들은 그리스와 로마
시대에 와서 본격적으로 하나의 보편적 문화 양식이자 문명적 특징을
갖는 도시로 발전했다. 특히 그리스는 도시가 국가polis를 형성해 자율
적인 정치 단위로 발전한 대표적인 모델이었다.

이후 중세 시대에는 기존에 종교적 중심지 역할을 하던 지역이 교역
의 중심지가 되면서 도시는 상업 활동을 하는 장소로 바뀌었다. 중세 도
시들은 고대 도시와는 달리 봉건영주에 의한 분권 체계로서 시작해 소
규모이면서 요새화된 것이 특징이다. 또한 중세 도시는 '길드'라고 하는
상인 조합이 발달했고, 성직자와 봉건 영주들은 길드를 성장시키기 위
해 교회나 시장, 광장 등을 건설했으며 대성당이 도시의 중심이 되었다.

자본의 도시 | 중세 이후 도시는 '자유의 온실'이라는 별칭이 붙을 정도로 자율적 성격을 지니는 곳으로 발전했다. 도시는 상업을 중심으로 경제적 이익을 대변하는 자본가 계층이 중요한 세력으로 등장해 무력의 왕족이나 정치세력의 귀족으로부터 독립된 공간으로 발전했다. 대표적인 도시가 제노바와 베니스였다. 왕이나 귀족이 지배하는 전통적 국가와 비교했을 때 이탈리아의 도시는 상업과 금융을 위한 정부였고 국가였다. 자본의 힘에 의존한 도시국가였던 것이다.

도시는 상업을 중심으로 경제적 이익을 대변하는 자본가 계층이 중요한 세력으로 등장해 무력의 왕족이나 귀족으로부터 독립된 공간으로 발전했다. 이와 같은 '자유의 온실'은 이탈리아 북부에서부터 스위스 등의 알프스 지역, 라인 강을 따라 북쪽으로 독일과 네덜란드, 프랑스 서부와 벨기에, 그리고 도버해협을 건너 잉글랜드까지 경쟁적으로 들어서면서 경제적 풍요를 누렸다.

시민의 도시 | 본격적으로 도시가 발전한 것은 산업혁명 이후다. 산업혁명은 농업과 수공업 위주의 경제에서 공업과 기계를 사용하는 제조업 위주의 경제로 변화하는 과정을 말한다. 18세기 영국에서 먼저 시작되어 자원이 풍부한 유럽, 미국, 일본 등 여러 나라로 확산되어 다양한 공업도시가 발달했다.

이재준의 뚜벅뚜벅

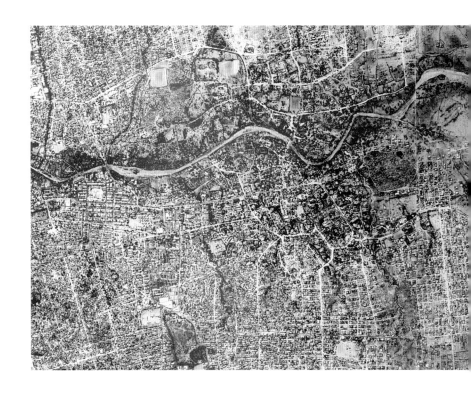

　　공장이 위치한 지역은 일자리를 찾아 많은 인구가 유입되었고, 그 주변에는 철도와 도로, 노동자들의 대규모 거주 지역이 만들어졌다. 이 시기에 발달한 도시는 짧은 기간 동안 빠르게 인구가 늘어났고, 많은 사회적 변화가 나타났다. 이전까지의 엄격한 신분적 계급 사회는 시민 중심의 능력 위주 사회로 변화했고, 전통적인 농경 사회에서 제조업에 기반을 둔 공업 사회로 바뀌었다.

　　산업혁명에 따라 본격적으로 시작된 자본주의는 도시를 혁명적으로 발전시켰다. 자유와 자치를 보장받은 도시의 힘은 '권력의 도시'에서 '자본의 도시', 그리고 다시 '시민의 도시'로 발전한 것이다. 도시는 관료, 상인, 수공업자 등의 시민계급이 중심이 되어, 자율적인 정치 단위 또는 자치 단위를 형성해 정치권력으로 발전한 것이다. 도시는 시민의 공동체로서 공동 결정과 행동이라는 원칙을 제공함으로써 근대 정치의 핵심으로 발전했다.

그러나 산업혁명 이후 급속한 도시화는 소득과 부의 불평등과 불균형의 증가, 환경파괴와 기후변화에서부터 식량, 에너지, 물 부족, 범죄, 질병에 이르기까지 다양한 문제들을 일으켰다. 이러한 문제들을 치유하고자 파리 대개조 계획이나 하워드의 전원도시론 같은 이상적인 도시계획이 등장했고, 이는 오늘날의 사회개혁 운동으로 발전했다.

이와 같이 도시는 최초 농업도시에서 시작해 왕권도시, 영주도시, 상업도시, 산업도시, 정보도시, 오늘날의 스마트도시에 이르기까지 지속적으로 발전해 왔다. 도시는 그 시대의 사회상을 반영하고 구성원들의 욕망을 대변해 왔다. 도시는 살아 있는 유기체와 같이 생성되어 진화하고, 끊임없이 진화하지 않으면 소멸한다. 도시는 성장하고 진화하지만, 때론 쇠퇴하고 소멸하기도 한다. 그러나 도시는 이제 인류 문명의 상징이다. 도시는 인류 혁신의 강력한 엔진이자 경제적 · 사회적 진보의 모델이다.

02

도시의 성장과
도시화 수준

세계 인구의 절반이 도시에 살고 있다. 불과 200년 전만 해도 인류의 대부분은 농사를 지었고, 지극히 일부만 도시에 살았다. 그러나 지금은 대부분이 도시에 거주하고 있다. 미국을 비롯한 프랑스, 일본, 호주, 노르웨이 등 대부분의 선진국들은 도시에 거주하는 인구가 80%를 넘는다. 심지어는 아르헨티나, 레바논, 리비아 같은 개발도상국 중 상당수도 대부분의 인구가 도시에 거주한다. 이와 같이 전체 인구 중에 도시지역에 사는 사람의 비율을 통상 '도시화율' 혹은 '도시화 수준'이라 한다. 현재 세계에서 가장 도시화 수준이 높은 나라는 싱가포르, 모나코, 바티칸 시국, 나우루 등으로 도시화율이 100%다. 반면 가장 도시화율이 낮은 나라는 가난하면서 가장 개발이 덜 된 '브룬디'로 10.9% 정도다.

도시화율과 도시성장 | 현재 전세계 평균 도시화율은 54% 정도 된다. 100년 전에는 겨우 15%, 1950년에는 30%였다. 전세계 도시 면적은 지구 전체 면적의 2%에 불과하다. 그러나 전체의 GDP는 70% 이상을 차지할 만큼 인구와 자본이 도시에 집중되어 있다. UN 자료를 참고하면 2050년까지 세계 인구는 90억 명으로 예상되며, 75% 이상이 도시에 거주할 것으로 예측하고 있다. 향후 30년 사이에 세계의 도시인구는 약 20억 명 이상이 더 급증할 것으로 예상하는 것이다. 이는 앞으로 30년 동안 매주 약 150만 명의 인구가 도시로 몰린다는 의미다. 다른 말로 표현하면 앞으로 30년 동안은 3개월 만에 지구상에 1,500만 명의 뉴욕 대도시가 하나씩 늘어난다는 것을 뜻한다. 실로 엄청난 숫자다. 현재 도시화 수준이 낮은 중국, 인도, 동남아시아, 아프리카에서 이런 현상이 집중적으로 일어날 것으로 예측된다.

현재 우리나라의 도시화율은 90%를 넘어섰다. OECD 평균을 훨씬 웃도는 수준이다. 1960년 우리나라 도시화율은 39.1%였으나, 고도성장기를 거친 1980년에는 68.7%, 2005년 이후에는 이미 90.1%를 넘어섰다. 불과 50여 년 만에 폭발적으로 도시화가 진행된 것이다. 이러한 높은 도시화 수준은 경제발전 전략에서 비롯한다. 1960년대 이후 빠른 산업화로 인해 노동력과 자본이 도시에 흡수되며 급격한 도시화를 주도했다. 특히 한국의 도시화 수준은 2·3차 산업의 발전에 비례했다. 전체 고용에서 2·3차 산업이 차지하는 비율은 1970년대 53%에서 2005년 92.1%로 치솟는 동안, 도시화 수준은 50.1%에서 90.1%로 증가한 것이다.

이처럼 경제성장과 도시화 수준은 상관관계가 높다. 도시화 수준이 20% 미만인 국가는 저개발국가일 가능성이 높고, 반대로 80% 이상의 국가는 경제대국일 가능성이 높다. 통상 평균적으로 도시화 수준이 10% 늘어날 때마다 국가의 1인당 생산성은 30% 향상된다고 한다. 도시화 진행은 인구 집중을 통한 규모의 경제, 내수 증가, 지식 이전 등으로 경제성장에 직접적인 영향을 주기 때문이다. 따라서 도시화율 혹은 도시화 수준은 그 나라의 경제성장의 가능성을 보여주는 좋은 지표라고 할 수 있다. 그런 측면에서 세계 각국들은 높은 경제성장을 유지하기 위해 거점도시 육성 등 도시화 수준을 끌어올리는 것을 핵심 국가전략으로 채택하고 있다.[1]

**인적자본의
창의적인 혁신 필요**

이러한 측면에서 현재 도시화 수준이 이미 90%대인 우리나라는 새로운 변화에 직면하고 있다. 2005년 이후 우리나라의 도시화 수준은 둔화되거나 감소하는 S자 형태의 침체기로 접어들었다. 이러한 도시화 수준에 비례해서 현재 우리나라 경제성장도 저성장 단계로 들어섰다. 결국 도시의 인구 집중을 통한 규모의 경제, 내수 증가, 지식 이전 등을 통한 기존과 같은 경제성장은 더 이상 기대할 수 없게 된 것이다.[2]

도시의 성장을 유지하자면 다른 대안을 찾아야 한다. 인구 집중을 통한 도시화 수준이 아니라 도시의 혁신에서 성장을 찾아야 한다. 기술과 지식 등 인적자본의 창의적인 혁신으로 도시 성장과 국가 번영을 찾아야 한다. 도시화 수준이 100%인 싱가포르가 국제 무역 및 투자 협력 강화, 혁신과 성장 도모를 위한 협력 강화 등을 통해 경제성장을 추구하는 점을 참고할 만하다.

아울러 도시경제학의 세계적인 권위자인 에드워드 글레이저 교수의 저서 〈도시의 승리〉(2011)에서 지적하듯이 "현대의 도시는 교육, 기술, 아이디어, 인재, 기업가 정신과 같은 인적자본의 힘을 통하여 도시의 혁신은 물론 인간의 행복을 추구해야 한다."라고 강조한 점에 주목할 필요가 있다.

이재준의 뚜벅뚜벅

03

개발성장시대의 불균형·불평등도시

국토와 도시는 하나면서 별개이고, 상호 보완적이며 유기적인 관계다. 통상 국토 國土는 한 국가의 통치권이 미치는 범위를 말한다. 영토 · 영해 · 영공을 의미하는 국토는 경제적으로 국민생산 활동의 기반이다. 그러므로 국토 는 국민의 삶의 터전이자 국가 구성의 기본 요소다. 반면 도시都市는 행 정과 경제의 의미다. 국토의 행정구역으로서 인구 밀도가 높은 지역인 도시는 인간의 직접적인 정치 · 경제 · 문화의 활동 무대이기도 하다.

우리나라는 인구 규모가 5만 명 이상, 2 · 3차 산업의 도시적 산업 종 사자율이 50% 이상인 지역을 통상 도시로 규정한다. 따라서 현재 우리 나라는 대통령이 통치하는 하나의 국토와, 지방자치단체장이 통치하는

16개의 광역지방자치단체와 230여 개의 기초지방자치단체로 구성되어
있다.

  시대에 적합한 국토와 도시의 새로운 정책과 제도는 현재의 문제를
파악하는 것에서 출발할 수 있다. 지금 우리 국토와 도시의 가장 큰 문
제점은 무엇일까? 많은 학자들이 다양한 각도에서 문제점을 지적할 수
있겠지만, 필자는 과거 개발성장시대를 거치면서 발생된 국토와 도시의
각종 불균형 현상이 가장 큰 문제라고 본다. 과거 개발성장시대를 거치
면서 국가 전체적으로 경제성장은 부분적으로 성공했지만, 국토와 도시
가 잘사는 지역과 못사는 지역으로 나뉘어 심각하게 불균형을 이룬다는
점이다.

불균형에서 불평등으로 | 지난 50여 년간 개발성장시대를 거치면
이어진 도시 | 서 우리나라 국토는 크게 도시와 농촌,
대도시와 중소도시, 수도권과 비수도권으로 경제는 물론이고 정치, 사
회, 문화 전반에 걸쳐 심각하게 불균형을 이루어왔다. 수차례에 걸쳐 수
립된 경제개발계획과 국토종합계획 등으로 경제와 국토의 골간을 만들
고 산업단지와 산업도시를 육성하여 충분치는 않지만 경제성장을 이루
었다. 이를 통해 많은 도시들이 빠르게 성장하고 육성되었다.
  그러나 동시에 성장의 후유증도 컸다. 농촌과 중소도시와 비수도권

의 인구와 경제가 도시와 대도시, 수도권으로 꾸준히 유출되는 결과를 낳았다. 결국 우리나라 대부분의 농촌과 중소도시는 쇠락하고 대도시 중심으로 성장했다. 비수도권과 수도권은 경제는 물론 정치, 사회, 문화 등 모든 분야에서 불균형 상태가 되어버렸다.

특히 인구가 집중된 도시 내부의 불균형은 더욱 복잡하다. 사회적 분화와 지역적 이동이 많고, 사회적 결합관계가 비인격적이며 형식적인 도시는 개발성장시대를 거치면서 구도심과 신도시, 경제 소득과 인구구조의 양극화, 지역공동체 붕괴 등 다양한 불균형의 문제점을 갖게 되었다. 과도하게 유입되는 인구를 수용하기 위해 선택한 도시정책은 구도심을 방치하고 교외에 편리하고 빠르게 건설할 수 있는 신도시 건설이나 택지 개발이 중심이었다. 그 결과 구도심은 산업, 업무, 행정이 공동화·슬럼화되어 범죄를 비롯한 각종 도시문제의 온상지가 되어가고 있다.

이 같은 국토와 도시의 불균형 문제는 결국에는 불평등까지 파생시켰다. 즉 도시와 농촌, 대도시와 중소도시, 수도권과 비수도권이 정치, 경제, 사회적으로 불평등해진 것이다. 특히 90% 이상의 인구가 집중된 도시 내 불평등은 더 심하다. 슬럼화된 구도심 거주자들은 계획적으로 개발된 신도시에 비해 교육, 교통, 주택은 물론이고 안전, 일자리까지 다양한 불평등을 떠안고 있다. 새로운 계층으로 부각된 신도시 거주자들은 양질의 교육 기회와 편리한 교통망과 교통수단, 풍족한 공원녹지에 안전한 주거환경, 창의적인 일자리까지 접할 기회를 충분히 누린다. 불균형이 불평등을 낳는 것이다. 이와 같은 국토와 도시의 불균형으로 인해 발생한 불평등의 문제들은 향후 저출산, 고령화로 인해 더욱 세분되고 확산될 것으로 보인다.

새로운 도시정책과 제도 | 지금과 같이 경제가 침체되고 수출이 부진한 저성장시대의 불균형 문제점을 극복하기 위해서는 국토와 도시의 새로운 정책과 제도가 필요하다. 물질적으로 풍요로운 경제성장은 그 자체가 목표이기보다는 국민들의 삶의 질 향상을 위한 수단에 불과하다. 따라서 저성장시대에 경제 활성화는 물론 최소한의 인간다운 삶을 영위할 수 있는 새로운 뉴딜정책이 요청된다.

상호 보완적이고 유기적인 새로운 국토와 도시 분야의 뉴딜정책은 어떤 것이 있을 수 있을까? 예를 들면 정보화시대에 걸맞게 융복합 스마트 국토, 국제문화예술 창조도시, 친환경 노면전차트램의 국가기반 시설, IT · BT · NT · ET 융복합 산업도시, 대중교통 중심도시 등 생활과 경제, 문화예술을 융 · 복합하는 다양한 정책들을 발굴할 수 있다.

아울러 현재 국토와 도시정책의 중요한 수단으로 적용하는 우리나라

이재준의 뚜벅뚜벅

의 각종 계획법을 과감히 통합하고 정비할 것을 제안한다. 현재도 적용
되는 각종 계획법에는 「국토기본법」에 기초한 국토종합계획, 수도권정
비계획법 등이 있다. 또한 도시계획법이라 할 수 있는 「국토의 계획 및
이용에 관한 법률」[3]에 의한 도시기본계획과 도시관리계획, 그리고 개별
개발사업들을 뒷받침하는 도시개발법, 도시 및 주거환경정비법, 도시재
정비촉진특별법, 주택법 등 각종 계획법은 사실 개발성장시대에 유용한
제도들이었다. 개발성장시대에 만들었거나 혹은 개발성장시대에 나타
난 문제들을 해결하고자 그때마다 만들어진 제도들이다. 이처럼 국토와
도시 분야의 관련 제도들이 너무 복잡하고 다양하다. 또한 제대로 작동
되지 않고 적용도 어려운 것이 현실이다.

　따라서 저성장시대에 적합하도록 제도의 큰 기둥과 줄기를 다시 세
우고 정리해야 한다. 또한 국토와 도시의 뉴딜정책을 효율적으로 추진
할 수 있는 새로운 제도를 도입해야 한다. 물론 충분한 연구와 토론과정
을 반드시 거쳐야 한다.

04

소멸위기
지방도시의 미래

지난 50여 년간 우리나라는 최고의 성장시대였다. 그러나 이제는 우리나라도 잠재성장률이 2% 이하로 떨어진 저성장시대에 돌입했다. 저성장시대에 도시 성장과 개발 수요는 급격히 줄어드는 상황이다. 특히 지방 도시 쇠퇴가 현실화되고 있다.

통계청은 2019년 합계출산율이 1.0명 아래로 떨어졌다고 발표했다. 합계출산율은 여성 1명이 평생 낳을 것으로 예상되는 자녀수를 나타낸다. 세계 평균 2.5명 기준과 비교하면 세계 최하위 기록인 것이다. 이러한 추세라면 2100년 우리나라 인구는 현재의 절반 수준으로 떨어질 것이라는 전망도 가능하다. 이와 같이 급격한 대한민국 인구 감소는 우리

이재준의 뚜벅뚜벅

사회에 엄청난 변화를 몰고 올 것이다. 특히 저출산과 인구감소에 따라 재정 자립도가 낮은 많은 지방 도시가 소멸할 수 있는 것이다. 현재 우리나라 230여 개 시군구 지방 도시 중에서 향후 20년 내 30%의 지자체들이 소멸될 것이라고 전망된다.

최근 한국고용정보원이 '한국의 지방 소멸 지수 2019'를 공개했다. 30년 뒤에 지역의 인구 기반이 붕괴될 우려가 있는 지역을 분류한 것이다. 전국 228개 시군구 가운데 97곳이 '소멸 위험지역'으로 분류되었다. 2013년 75곳에서 2018년까지 연평균 2.8곳이 늘어난 것과 비교하면 속

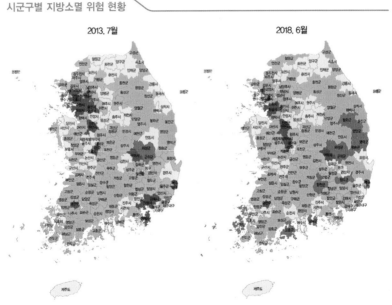

시군구별 지방소멸 위험 현황

2013. 7월   2018. 6월

*출처: 한국고용정보원(고용동향 브리프/한국의 지방소멸2018/2013~2018년 추이와 비수도권 인구이동을 중심으로/이상호 8P)

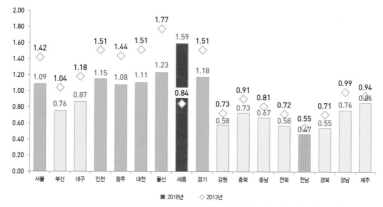

도가 엄청나게 빨라졌다. 2005년 우리나라에서는 '붕괴'를 걱정하는 지
자체가 단 한 곳도 없었지만, 지금은 서울 등 일부 대도시를 제외한 대
부분 지역에 경고등이 켜졌다.

　저출산 시대에 지방 도시 소멸에 대응하는 정책적인 방향을 다음
과 같이 제안하고자 한다.

　먼저 중앙정부의 역할이 중요하다. 중앙정부는 객관적이고 종합
적인 인구 진단을 통해 저출산에 따른 지방소멸 관련 통계와 정보를
솔직하고 충분하게 국민들과 공유할 필요가 있다. 또한 지난 10년간
약 80조 원을 집행했지만 큰 효용성이 없는 기존의 출산율 제고 중
심의 정책을 획기적으로 전환해야 한다. 다행히 2018년 12월 대통

　　　　　　　　　　　　　　　　　　　　이재준의 뚜벅뚜벅

령 직속 저출산고령사회위원회가 출산 정책을 단기 대책에서 벗어나 아동 의료와 돌봄 등 삶 전반의 질을 높이는 쪽으로 정책 패러다임을 바꾸겠다는 발표는 고무적이다.

또한 인구 특성과 지역특성을 반영한 국가전략을 수립하고 인구사회정책과 지역발전정책을 연계하는 등의 '지방 소멸 대응 특별법과 정책'을 별도로 만들 필요가 있다. 그러나 소멸 가능성 높은 지방정부의 혁신이 더 절실하다. 재난 수준의 저출산 시대를 맞아 지방자치단체들의 정치적 결단이 절실한 것이다. 재정 자립도와 직접 관련되는 저출산 대책으로 지자체가 적용하는 가장 기본적인 정책은 출산장려금이다. 그러나 경험적으로 아무리 많은 출산장려금을 지원하다라도 저출산에 대응하는 정책으로는 큰 효과를 볼 것이라 기대되지 않는다.

출산장려금 정책과 더불어 융 · 복합적인 출산양육 친화정책이 병행되어야 효과를 기대할 수 있다. 융 · 복합적인 출산양육 친화정책의 선진 사례를 들면 지자체가 출생에 대한 사회적 책임성을 높이고, 맞춤형 돌봄을 확대하고, 출산양육 친화적인 주거복지 정책, 신혼부부 임대 및 분양주택 정책, 맞춤형 육아교육 정책 등을 융 · 복합적으로 추진하는 방안이 있다.

아울러 인구감소를 예방하는 차원에서 젊은층 인구 유입을 위한 보육 · 육아정책 수립, 고령인구 일자리와 복지정책의 획기적인 정책 전환도 필요하다. 앞으로 지방 도시 소멸에 대한 위기의식은 점차 높아질 것이다. 저출산에 따른 지방 도시 소멸에 대한 통계와 정보를 충분히 국민들과 공유해야 한다.

**분권형
균형발전 시대**

지금과 같은 저성장시대에는 전통적 방식의 도시 성장과 개발도 한계에 이르고 있다. 이러한 측면에서 문재인 정부는 '전국이 고르게 발전하는 지역'을 국정 목표로 설정해, '분산형 균형 발전'에서 '분권형 균형발전'으로 전환했다. 노무현 정부 이후 세종시, 혁신도시 등 공공기관 지방이전이라는 '분산'을 통한 균형발전은 일부 성과가 가시화되었다고 판단했다. 따라서 문재인 정부는 기존의 '물리적 시설 이전' 방식에서 지역의 자립역량을 강화하기 위한 '권한 및 기능의 지방 이전'이라는 균형정책으로 전환한 것이다.

지방분권을 이루기 위해서는 중앙정부 권한의 지방 이양과 지방재정 확충을 통해 지방분권을 추진하고, 주민자치 확대를 통한 지역 현장에서의 풀뿌리 민주주의[4]를 구현해야 한다. 이를 위해 분권형 개헌 및 권한 이양, 자치행정, 재정 분권 추진을 약속했다. 또한 균형발전을 위해 지역이 가진 잠재력을 극대화하여 자립적 성장기반을 마련함으로써 중앙 대 지방, 지방 대 지방 간의 경제·사회적 격차[5]를 해소해 나아가야 한다. 이를 위해 전국이 고르게 발전하는 강력한 의지를 국정과제로 설정한 것이다.

이재준의 뚜벅뚜벅

**지속가능한
도시의 청사진**

이제는 생각의 틀을 혁신하고 정책의 방향을 바꾸어야 한다. 다음 세대의 삶의 질까지 고려하는 지속가능한 지방도시를 꿈꾸어야 한다. 불확실한 지방도시의 미래를 긍정적인 기대로 채우기 위해서는 다음과 같은 뚜렷한 청사진이 필요하다.

첫째, 지방도시의 미래는 경제적으로 지속가능한 자족도시이다. 우선 외적인 측면에서 볼 때, 중앙의 보조로부터 자유로운 지방재정의 건전성이 필수적이다. 도시를 책임지는 지방정부의 자립을 기반으로, 주민의 목소리가 반영된 예산과정의 투명성 역시 확보되어야 한다. 그리고 내부적으로는 도시 내에 산재되어 있는 각종 역사, 문화, 자연자원을 이용해 안정적인 일자리와 소득을 창출하는 지역 기반 사업이 활성화되어야 한다. 가족과 이웃이 함께하는 텃밭이나 도시공동체가 공동으로 운영하는 골목 경제 등을 육성하는 것도 좋은 방법이다. 이는 도시의 경제적 공간구조가 도시 생태계를 포함하게 되는 좋은 시너지 효과를 낼 것이다.

둘째, 지방도시의 미래는 환경적으로 지속가능한 생태도시이다. 도시의 개발과 성장은 생태계의 한 종인 인간이 자연과 공생하는 존재라는 확고한 인식에서부터 출발해야 한다. 인간생활의 효용성을 생각하되 보전가치가 높은 생태거점을 지속해서 확보하여, 하나의 유기적 복합체로서 도시를 관리해야 한다. 생태도시는 우리가 일상에서도 충분히 만들어갈 수 있다. 대중교통을 이용하는 생활습관은 대기오염의 우려를 낮추는 동시에, 아이들과 어르신을 비롯하여 보행자의 안전까지 확보해 준다. 자원의 재활용률을 높이고, 소모적으로 낭비되는 에너지를 최소화한다면 환경친화적인 생태도시의 미래는 보다 확실해질 것이다.

셋째, 지방도시의 미래는 사회적으로 지속가능한 거버넌스 도시다. 사실 거버넌스 도시는 앞에서 언급한 자족도시와 생태도시를 포괄하는 개념으로서, 지속가능한 도시의 핵심이다. 이제는 시민이 중심이 되는 시대다. 시민이 직접 정책아이디어를 제안해서 도시계획을 결정하고 마을을 만들어가며, 그 과정에서 일어나는 크고 작은 갈등을 스스로 해결하는 거버넌스 체계가 시스템으로 정착되어야 한다.

이를 위해서는 행정과 전문가, 시민단체와 지역주민 등 각 주체 간의 협력과 소통이 절대적으로 필요하다. 현재 많은 지자체가 신뢰를 기반으로 시민과 함께하는 거버넌스 행정을 펼치고 있다. 필자는 시민이 가지는 집단지성의 힘을 믿기에, 우리가 사는 도시의 미래를 긍정적으로 기대한다. 결국 우리가 꿈꾸는 지속가능한 지방도시는 환경적으로 쾌적하고 경제적으로 안정적이며 시민이 진정한 주인이 되는 거버넌스 도시이다. 미래는 현재 무엇을 꿈꾸고 준비하는가에 따라 달라진다.

05

지속가능한 도시를 위한 3가지 청사진

도시의 미래가 불확실하다는 의견이 지배적이다. 기후 변화, 지구 온난화의 영향, 인구 증가, 노령화, 경제적 양극화 등 전 지구가 공통적인 다양한 도전에 직면해 있기 때문이다. 많은 학자가 공통으로 지적하는 것은 현재 도시의 성장은 더 이상 지속가능하지 않다는 것이다. 왜냐하면 현재의 도시는 환경용량이나 경제적인 형평성 측면에서 그 정도를 초과하고 있기 때문이다. 또한 급격한 도시 성장으로 인해 생태적으로 민감하고 취약한 지역뿐만 아니라 도시 전체에서 심각한 환경적 퇴보가 진행되고 있기 때문이다(한국지속가능발전센터, 2013).

또한 국제적으로 합의한 온실가스 배출량 감축은 그 예상에 크게 못 미치고, 점차 경제적 양극화나 불평등은 증가하고 있어서 더욱 그렇다. 사실 이러한 현상은 환경적 영향과 다음 세대를 고려한 장기적 비용을 생각하지 않는 토건 중심의 전통적인 도시정책 모델에 기초하여 도시발전을 추구한 것에서 비롯한다. 우리가 원하는 것은 양적으로 성장하기보다는 경제적으로 건전하고, 생태적인 회복력이 있는 삶의 질이 보장되는 도시이다. 따라서 이제는 우리세대의 단기적 성장과 이익 대신 현세대는 물론 다음 세대를 고려하는 총체적 시각에서 도시의 발전을 추구하는 지속가능한 패러다임으로 도시정책을 변화시켜야 한다(이재준, 2016).

이재준의 뚜벅뚜벅

**새로운 변화를
모색하는 도시관리**

도시는 고정된 것이 아니라 늘 변한다. 도시의 인구규모나 밀도 등 물리적 특성이 변하고 도시의 생산구조, 집단 간 상호작용, 생활양식, 정치 등이 끊임없이 변하면서 도시는 성장·쇠퇴·확산·재편 등의 발전 과정을 거친다. 이러한 측면에서 우리나라 도시들은 그동안 세계적으로 유례가 없을 정도로 빠른 성장을 거듭하여 현재 도시화율이 92%에 이르며, 2020년쯤에는 94%까지 높아질 것으로 예측된다. 서구 선진국의 경우 도시화율이 75% 수준에서 정체되는 것에 비해 우리나라의 도시화는 주로 인구집중과 경제활동이 양적으로 팽창하면서 이미 과도하게 진행됐다.

그러나 앞으로는 도시에 밀집된 인구와 활동의 질적 속성이 더욱 중요하게 바뀔 것이라고 전망된다. 즉 지구화에 따른 경쟁의 첨예화, 지방자치제와 시민사회의 활성화, 사이버기술 혁신을 통한 가상공간 확산, 그리고 생태환경의 위기, 인간의 탈주체화 등 다양한 분야에 걸쳐 국내외적인 변화가 예상되기 때문에 본질적으로 도시관리는 새로운 국면을 맞고 있다.

따라서 향후 우리나라 도시관리는 우리 사회의 변화에 대응하는 이념과 목표, 그리고 이를 달성하는 과제와 운영원리를 갖추어야 한다. 21세기를 향한 우리나라 도시관리 이념은 다양한 주제로 설정할 수 있지만, 무엇보다 시민성, 환경성, 균형성, 분권성에 기초해야 한다. 시민성

이재준의 뚜벅뚜벅

은 도시정책의 전 과정에 시민이 참여하고 시민의 이해가 구현되는 방식으로 운영되어야 함을 의미하고, 환경성은 도시관리의 목표달성에 동원되는 수단과 방법이 친환경적 · 저에너지 · 저비용 · 고효율 방식으로 운영되어야 함을 뜻한다. 또한 균형성은 국토관리 측면에서 수도권과 같이 특정 지역에만 국한되어 발전하는 것이 아니라 비수도권이 함께 상생 발전하는 국토균형발전을 의미하고, 분권성은 그동안 중앙에 집중된 여러 가지 권한을 지방정부와 시민에게 넘기자는 뜻이다.

패러다임의 변화가 필요 이러한 점에서 문재인 정부 역시 이 시대 우리 사회가 필요로 하는 진정한 개혁과 지속가능한 발전의 토대를 '균형과 분권'에서 찾고자, 핵심국정과제를 '균형발전과 지방분권'으로 추진하고 있다. 따라서 최근 추진되는 도시재생뉴딜정책을 비롯한 향후 우리나라 모든 도시관리는 반드시 균형발전과 지방분권을 전제로 시민들의 자발적인 참여가 우선되어야 한다. 이를 통해 체계적인 절차와 시스템을 갖추어 안전하고 친환경적이며 새로운 도시공동체문화를 회복하는 방향으로 이루어지는 것이 바람직하다.

지속가능한 도시로 나아가기 위해서는 세심하지만 과감한 도시정책의 패러다임 변화가 필요하다. 이러한 패러다임 변화는 모든 시민이 질적으로 행복한 삶을 영위하는 데 분명히 도움이 된다. 왜냐하면 미래의 도시는 단지 GDP로 평가되지 않고, 더 나은 시민의 삶의 질과 환경을 실현하고자 하는 진보된 도시정책으로 평가될 것이기 때문이다. 이제는 지속가능한 도시를 위해서 다음과 같은 도시정책의 플랫폼을 새롭게 고려할 필요가 있다.

지속가능한 도시를 위해서는 총체적 개념과 원칙이 필수적이다. 사회적으로 적합하고, 환경적으로 지속가능하며 경제적으로 풍요로운 지속가능한 도시를 위한 다음과 같은 새로운 도시정책의 플랫폼을 제시한다.

모두를 위한 포용도시

미래의 도시정책은 유엔 해비타트III(2016) 세계총회에서 주창된 바와 같이 소외계층을 포함한 모두가 차별 없고, 접근 가능하며, 혜택은 동시에 나누는 포용도시로서 국민의 삶의 질을 보장하는 정책으로 전환되어야 한다. 세부적으로는 소외계층(빈민, 청년, 노인, 다문화 등)을 포함한 국민 공유임대주택 건설, 국가기반시설로서 국가공원(장기미집행 공원) 조성, 대중교통의 공영제와 TOD 개발, 국민생활공간으로서 공공 공간(광장, 공원, 보육시설, 도서관 등)의 혁신적인 질(質) 개선, 주민자치형 마을 만들기 확대 등이 있다.[6]

이재준의 뚜벅뚜벅

4차 산업혁명의 지능형 스마트도시

지금까지 인터넷이 이끈 3차 산업혁명에 이어 로봇이나 인공지능AI을 통해 사물을 자동적·지능적으로 제어할 수 있는 4차 산업혁명의 기술변화를 도시 생활공간에 적극적으로 접목시켜[7] 4차 산업혁명의 지능형 스마트도시로 전환되어야 한다. 세부적으로는 생활밀착형 지능형 스마트시티 건설, 하이퍼루프Hyperloop의 초고속 교통 기반시설 건설(서울~부산 30분 물류·수송), 신재생에너지를 활용한 도시전력화 사업(스마트그리드 포함), 공유 및 자율주행(20%)의 대중교통화 및 인공지능 교통시스템 사업, 지능형 첨단 스마트산업단지[8] 등이 있다.

거버넌스형 지방분권의 국토균형발전

향후 미래는 지방분권을 통한 지방자치의 가치를 실현하고 경쟁력 있는 도시정책을 추진할 수 있도록 거버넌스 기반을 마련해야 한다. 그동안 중앙정부가 주도한 도시정책에서 그 도시에 살고 있는 지방정부와 시민들이 참여하는 거버넌스형 지방자치와 지방분권형 균형발전 정책으로 추진되어야 한다. 세부적으로는 온라인 국민 참여시스템으로서의 플랫폼 개발(마을계획단, 시민계획단, 국민계획단 등), 지방분권제도와 자치권을 최우선으로 반영하는 지방분권형 개헌, 수도권 GTX 건설, 한반도 U자형 KTX고속철도망 건설(송도목포,

목포부산, 부산강릉), 미활용 국토해안용지(새만금 등) 융·복합 건설,

주민주도 도시재생 및 국가균형발전 정책 강화(세종시, 혁신도시, 기

업도시 강화 등) 등이 있다.

#2

도시개발에서
도시개혁으로

1. 도시개혁의 주체는 시민이다

2. 모두를 위한, 포용도시

3. 자본 중심에서 사람 중심의 도시로

4. 새로운 도시 플랫폼, 거버넌스 도시

5. 거버넌스, 수원시에서 꽃피다

01

도시개혁의 주체는
시민이다

세계 역사는 민주주의 실현의 역사라고도 할 수 있다. 영국의 명예혁명(1688), 미국의 독립혁명(1776), 그리고 프랑스 대혁명(1789)을 거치면서 국가권력은 절대군주로부터 시민에게 넘어왔다. 우리나라 역시 민주주의 역사와 궤를 같이한다. 1876년 개항 이후 동학농민혁명(1894), 광복 이후 4·19혁명(1960), 5·18민주화운동(1980), 6·10민주항쟁(1987), 촛불혁명(2017)을 거치는 동안 꽃다운 청춘들이 목숨과 맞바꾸어 대한민국이라는 민주국가를 만들었다. 대한민국은 국민의 노력으로 민주주의를 성취한 나라다. 시민혁명이라 할 수 있는 이러한 노력을 통해 인간 존엄, 자유, 평등을 근간으로 하는 자유민주주의가 새로운 가치관으로 자리 잡았다. 따라서 도시개혁 주체는 당연히 '시민'이다.

시민들의 도시개혁
참여 방법 3가지

우리나라는 대의민주주의를 채택하고 있다. 따라서 시민의 권한을 위임받은 대통령이나 국회의원, 중앙정부가 앞장서서 개조를 주도하는 것은 당연하다. 그러나 세월호 참사는 그동안 대의민주주의로 인한 권력집중과 그로 인한 부작용의 결과로 볼 수 있다. 따라서 권력을 가진 자들에게만 도시개혁을 맡길 수가 없다. 우리 시민 모두가 함께 도시개혁에 나서야 한다. 시민이 나서는 도시개혁은 크게 정치 참여, 정책 참여, 사회 참여 등 세 가지로 정리할 수 있다.

첫째, 도시개혁을 위해 시민들은 정치 참여를 해야 한다. 우리나라는 대의민주주의 체제로 대통령과 국회의원, 시장, 시·도의원 등 국가와 지방의 정치지도자를 선거를 통해 선출하고 있다. 대한민국 권력의 주체인 시민들의 중요한 권한 행사 중 하나가 선거를 통한 정치 참여이다. 시민들이 선거를 통해 국가를 개조할 수 있는 책임자로서 바람직한 정치인을 선출하고 감시하는 것이다. 이제는 학연, 지연, 혈연 및 정당이라는 이념의 틀 안에서 정치인을 선출하는 구태를 벗어나야 한다. 한편 시민이 직접 정치에 참여하는 방법도 있다. 적극적인 정당 활동이나 생활 정치와 같이 일상에서 직접 국가와 도시개혁을 위한 활동에 동참할 수 있다.

   둘째, 도시개혁을 위해 시민들은 정책 참여를 해야 한다. 이미 시대
는 관 중심에서 시민 중심으로 변화하고 있다. 시민이 사는 지역의 정책
결정이나 집행과정에 직접 참여하여 영향력을 행사할 수 있게 되었다.
이러한 일련의 정책적 과정을 거버넌스 행정 혹은 주민참여 행정이라
부르며, 우리나라 다수의 지방자치단체가 좋은 사례를 만들어내고 있
다. 그러나 아직도 특정계층이나 전문가 집단 위주로 정책집행이 추진

이재준의 뚜벅뚜벅

되는 지방자치단체가 있다면 시민들은 이를 바로잡도록 요구해야 한다. 시민들의 정당한 요구에 따른 적극적인 거버넌스 정책 참여는 지역사회 개혁은 물론 나아가 국가개혁까지도 이룰 수 있다.

셋째, 도시개혁을 위해 시민들은 사회 참여를 해야 한다. 민주주의 시대를 살아가는 민주시민으로서 각종 사회단체(NGO, 자원봉사단체 등)에 능동적으로 참여하고 활동하는 사회적 역할을 수행할 수 있다. 각종 사회단체 활동을 통해 자아실현은 물론이고 공익적 역할을 실천하여 더욱 민주적인 사회로 발전시킴과 동시에 도시개혁을 이룰 수 있다.

이처럼 시민들의 정치적·정책적·사회적 참여는 대한민국 주권자로서 올바른 권리이자 권력을 행사하는 것이다. 시민의 올바른 권력행사를 통해 이 시대가 절실하게 요구하는 적폐 해소와 도시개혁을 이루어낼 수 있다. 이제 더 이상 제도나 시스템을 바꾸려는 정치인들에게만 도시개혁을 맡기지 말고, 시민들의 적극적인 참여를 통해 도시개혁을 이루어나가야 한다. 우리 스스로 정치를 바꾸고, 정책을 바꾸며, 사회를 바꾸어야만 도시개혁을 이룰 수 있기 때문이다.

02

모두를위한, 포용도시

미래의 새로운 도시 의제는 '포용도시 Inclusive City'다. 포용도시란 소외계층을 포함한 모두를 위한 도시Cities for All를 말한다.[9] 포용도시는 고도성장 과정의 부작용인 경제적 양극화와 계층적 갈등에 대한 반성에서 출발하는 포용적 성장을 기반으로 한다. 포용적 성장이란 경제성장에 따른 기회가 국민 각계각층에 주어지며, 늘어난 부가 사회 전체에 공정하게 분배되는 것을[10] 추구한다.

이러한 포용적 성장은 2000년대 초반 거론되기 시작해, 2008년 미국 글로벌 금융위기를 거치면서 국제적으로 논의가 퍼져왔다. 한마디로 포용도시란 경제성장 과정에서 소외계층에 대한 차별을 없애고 빈곤감소,

이재준의 뚜벅뚜벅

불평등해소, 참여확대, 지속가능성 추구 등 포용적 성장을 지향하는 '모두를 위한 도시'[11]라고 정의할 수 있다.

포용도시는 분권과 자치 중시

포용도시는 기존의 지속가능한 도시에서 한 걸음 더 나아간다. 왜냐하면 사회적 약자를 포함한 모든 시민이 도시의 공공 공간과 정치적 참여, 다양한 문화를 누릴 수 있도록 도시의 권리를 보장하는 도시이기 때문이다. 특히 고도성장 과정에서 소외된 다문화, 장애인, 거리 노숙자, 비공식적 노동자, 어린이, 청년, 여성, 노인 등의 사회적 약자인 소외계층을 포함한 모두를 위한 도시의 권리The Right to the City를[12] 보장한다. 좀더 세분하면 포용도시는 자원배분에서 공간정의가 실현되고, 정치적 의사결정에서[13] 시민참여가 보장되고, 사회적·경제적·문화적 다양성이 존중되는 도시를 말한다. 이때 중앙정부보다는 지방도시의 권리를 존중하는 '분권'을 중시하고, 행정의 권리보다는 시민의 권리를 존중하는 '자치'가 중시되기 때문에 문재인 정부의 통치철학과 상통한다고 볼 수 있다.[14]

이러한 측면에서 포용도시는 가치, 절차, 공간 등 세 가지를 지향한다. 먼저 포용도시는 '가치' 측면에서 소외계층을 포함하여 모두를 위한 도시를 지향한다. 또한 포용도시는 '절차' 측면에서 민주적이고 자치적인 시민참여가 보장되는 도시를[15] 지향한다. 아울러 포용도시는 '공간'

이재준의 뚜벅뚜벅

측면에서 균형적인 지역개발을 전제로 소외계층을 포함한 시민 모두가 고르고 평등하게 공공 서비스를 받을 수 있는 도시를 지향한다. 다시 말해 소외된 계층을 포함한 도시의 구성원 모두에게 되도록 안전하고 적정한 가격의 주거를, 대중교통을 통해 안전하고 편리하게 이용할 수 있는 공공 교통서비스를, 다양한 문화예술과 복지시설을 균등하게 제공하는 도시를 지향하는 것이다.[16]

포용도시가 나아가야 할 3가지 방향

이미 많은 국제기관과 기구에서 새로운 도시의 패러다임으로 포용도시를 주목하고 있다. 포용도시는 아시아개발은행ADB을 비롯해 지난 2016년 에콰도르 키토Quito에서 개최된 유엔 인간정주회의UN-Habitat 3차에서 가장 주된 논제 중 하나였다. 지금까지 포용도시를 주목한 국제기구나 기구는 다음과 같은 3가지 방향을 강조하고 있다.

첫째, 공간적으로 적정한 자원을 배분한다. 도시나 거주지 형성에 있어 소외계층과 시민들에게 공간적으로 주거, 교통, 복지, 문화 등 적정한 자원을 배분하는 것이다.

둘째, 의사결정과정에서 정치적 참여를 보장한다. 도시 공간, 토지 그리고 재산을 재구성하는 의사결정 과정에 소외계층을 포함한 모든 시민에게 정치적 참여를 보장하는 것이다.

셋째, 사회·문화적 다양성을 인정한다. 성별, 정체성, 민족성, 종교, 유산, 집단 기억, 문화적 관행 그리고 사회문화적 표현에서의 사회·문화적 다양성과 차이를 완전히 인정하는 것이다.

미래의 새로운 도시 의제는 '포용도시'이다. 그 구체적인 방향과 수단으로 많은 모델이 있을 수 있으나, 우리 시대의 새로운 시대정신은 소외계층을 포함한 '모두를 위한 도시'의 권리를 찾고 실천하는 것이다.

03

자본 중심에서
사람 중심의 도시로

　　　　　　　　사람을 중히 여기는 것은 우리 민
　　　　　　　　족이 오랜 세월에 걸쳐 추구한 가
치다. 조선 초 세종은 한글을 창제할 때 '천지인'을 중심으로 하여 사람
을 글자로 만드는 근원으로 삼았다. 조선 후기 백성을 위로했던 천도교
역시 사람을 하늘처럼 소중히 여기는 '인내천' 사상을 바탕으로 하여 널
리 퍼졌다. 그러나 최근 우리 현실은 사람보다는 자본이 우선인 것 같
다. 성수대교, 삼풍백화점, 세월호 그리고 최근 판교 환풍구 사고에 이
르기까지 자본에 눈이 멀어 어느새 사람은 후순위로 밀려났다.

　겉으로는 사람의 가치를 외치면서도 내심 물질 가치, 개인 이익, 집
단 영향력에만 관심을 두는 것이 현대 자본주의의 현실이다. 정치와 경

제, 역사와 문화, 도시와 교통, 환경과 생태 등 모든 것이 사람을 위한 것임에도 불구하고, 자본에 치여 주객이 전도되어 버렸다. 인본의 가치가 회복되고 사람이 우선시되는 세상으로 바꾸기 위해서는 어떤 노력이 필요할까?

사람 중심의 세상

첫째, 자본 중심의 양적 성장에서 사람 중심의 질적 성장으로 패러다임을 바꾸어야 한다. 전쟁의 참혹함을 견디고 배고픔을 참으며 공장이나 광산, 회사에서 노력한 덕분에 우리나라는 불과 50여 년 만에 원조를 받는 국가에서 주는 국가로 성장했다. 그러나 성장의 부작용도 크다. 절대빈곤은 감소했지만 편중된 부에 따른 빈부격차, 높은 실업률과 자살률, 사회안전망 미비와 같은 대가도 함께 치르고 있다.

이제는 변해야 한다. 지자체는 물론 기업과 국가운영에 이르기까지 사람의 가치에 집중해야 한다. 혜택을 고르게 분배하는 균형 있는 성장과 더 많은 일자리 창출, 소통과 참여의 공동체를 기반으로 하는 안전한 사회관계망을 확충하여 사람 중심의 경제로 나아가야 한다.

둘째, 자본 우위의 환경이 아닌 사람 중심의 환경을 조성해야 한다. 생태계의 일원으로서 편안함을 느낄 수 있는 환경이 필요하다. 심신의 건강과 여가를 즐길 수 있는 여유로운 환경이 만들어져야 한다. 또한 소

이재준의 뚜벅뚜벅

외된 이웃을 돌보는 공동체적인 삶, 전통을 소중히 여기는 의식 있는 역
사관, 자신의 신념과 타인의 가치관을 함께 존중하는 공존의 미덕 등 인
간미 넘치는 사회적 환경도 확고하게 자리 잡아야 한다. 자연 속에서 타

인과 더불어 살아가는 사회 분위기가 조성될 때 잃어버린 사람 중심의
가치를 회복할 수 있다.

셋째, 사람 중심의 복지를 마련해야 한다. 현대국가의 중요한 책임
중 하나는 국민의 복지 향상이고 복지행정의 궁극적인 목표는 차별 해
소이다. 누구나 인간답게 살아갈 수 있는 기반을 제공하는 복지시스템
이 정착되어야 한다. 보편적 복지는 사회적 안정성을 담보할 수 있다.
모두 혜택을 누리기 때문에 계층 간 마찰에 대한 완충장치 역할을 한다.
선별적 복지는 서비스를 특정 대상에 집중함으로써 낮은 비용으로 높
은 효과를 낼 수 있다. 이런 효율성 덕분에 상대적으로 질 좋은 서비스
를 제공할 수 있다. 이 두 유형을 상황과 시기에 맞춰 적절하게 선택하
여 적용해야 한다. 국가가 베푸는 시혜적 자선이 아니라 국민으로서 마
땅히 누려야 할 사람다운 삶을 마련하는 복지가 정착되어야 한다.

우리는 사람을 지칭할 때 인人이 아니라 인간人間이라는 단어를 사용
한다. 사람은 하나의 개체로만 존재하는 것이 아니라, 관계를 통해 어우
러질 때 비로소 완전해질 수 있다는 뜻이다. 사람을 소중히 여기던 우리
의 민족정신을 되살려, 나뿐만 아니라 모두의 가치가 존중되는 세상을
만들어가자. 서로 돕고 함께 살아가는 공동체의식, 지역과 이웃을 사랑
하는 주인의식이 되살아날 때 우리가 꿈꾸는 '사람이 중심'인 세상이 열
릴 것이다.

04

새로운 도시 플랫폼,
거버넌스 도시

　　소득 수준 3만 달러 시대를 맞이하여 선진사회로 진입하기[17] 위해서는 경제성이나 기능성 중심의 물질적 풍요로움이 목표였던 전근대적 삶의 양식에서 벗어나야 한다. 정책 방향이 전환되어야 살기 좋음·안락함·윤택함 등 풍요로운 질적 사회로 나아갈 수 있다. 풍요로운 질적인 도시로 거듭나기 위해서는 도시 구성원들이 직접 문제를 진단하고 해결책을 고민하는 지속적인 노력이 필요하다. 이러한 활동들이 더욱 체계적인 시스템으로 구현된 도시가 거버넌스 도시이다. 그래서 도시의 혁신과 회복을 고민하는 시점에서 거버넌스에 주목해야 한다.

　그동안 우리나라 도시정책은 소수 전문가가 모여 수립하는 행정 주도였다. 도시정책을 추진하는 과정에서 시민참여는 설문조사나 공청회 혹은 공람 과정에서 의견을 제안하는 수준에 그쳤다. 도시정책 과정에 시민이 참여할 경우 사전정보 유출에 따른 부동산 투기, 각종 민원, 지역갈등 같은 부작용이 우려됐기[18] 때문이다. 그러나 이제 시대가 변했다. 시민들의 교육 수준과 참여의식이 높아져, 관 중심에서 민 중심의 협치協治라고 할 수 있는 거버넌스 시대로 바뀌고 있다. 지금과 같이 급변하는 시대에는 시민의 가치관으로 도시 비전을 구상하고 실현하는 새로운 도

　　　　　　　　　　　　　　　이재준의 뚜벅뚜벅

시정책의 플랫폼으로서 혁신적인 거버넌스 도시행정이 요구된다.

거버넌스 도시Governance City란 무엇인가

거버넌스 도시란 시민 스스로 삶의 터전을 만들고, 각종 도시정책을 계획하거나 집행하는 일에 다양한[19] 이해관계자들이 직·간접적으로 참여하는 도시모델을 말한다. 시민운동 단체에서는 거버넌스를 '생활정치'라는 말로 표현하기도 한다. 진정한 정치는 일상생활에서부터 시작되기 때문이다. 도시정책에 시민들이 참여하면 그 과정에서 자연스럽게 전문적인 교육과 역량이 증대되어 지속가능한 도시발전을 효과적으로 추구할 수 있다는 장점이 있다. 이에 주민자치의 거버넌스 도시에 대한 욕구와 기대는 앞으로 더욱 높아질 것으로 예상된다.

지속가능한 도시 정책

경제적·환경적·사회적 지속가능성이라는 총체적 해결책을 찾기 위해 노력하는 다양한 이해관계자들의 참여와 협력이 필수적이다. 정책 개발을 위한 초기 아이디어 및 정보수집[20] 단계에서부터 실제 사업추진에 이르기까지 이해관계자들이 참여하는 좋은 협치가 필요하다. 이해관계자는 정치 지도자와 공무원, 그리고 NGO 및 NPO 조직, 언론, 노동조합, 종교조직, 기업 등 모든 시민사회를 포함한다. 이러한 서로 다른 욕구를 가진 다양한 집단의 의견을 반영하고 참여시키는 일은 거버넌스 행정에서 필수적이다.

실제 국내외적으로 주목받고 있는 사례들도 많이 있다. 미국 뉴욕에서는 9·11 테러로 파괴된 세계무역센터 재건축 및 맨해튼 재개발을 논의하기 위한 원탁토론Listening to the City이 개최되어[21] 5,000여 시민들의 다양한 의견을 반영한 사례가 있다. 또한 독일 졸링겐 시가 세포계획 방식으로 추진한 도시계획도 다수 시민의 다양한 시각을 효율적으로 수렴한 시민주도형 도시정책이다.

거버넌스에 기초한 미국 최초의 근린계획인 시애틀 도시기본계획 역시 지역시민의 아이디어를 실제 행정계획으로 연결한 것이다. 시애틀 도시기본계획에서는 시민과의 협의로 정한 범위 안에서 마을구역을 설정하고, 토지이용계획 등의 수립 권한과 재원을 지역주민에게 위임했다. 이처럼 도시 기능을 회복하고 점진적으로 발전시켜 가는 과정에 시민이 참여하는 거버넌스 체계가 지자체 단위를 중심으로 점차 확산되고 있다.

이재준의 뚜벅뚜벅

거버넌스,
수원시에서 꽃피다

최근 수원시 행정은 선도적이다.
특히 거버넌스 행정이 선진적이어
서 수원의 행정 모델이 전국에 영향을 미치고 있다. 필자가 제2부시장
시절에 중요하게 추진했던 거버넌스 행정 시스템은 크게 5가지다. 첫
째, 집행된 정책을 평가하고 새로운 정책 아이디어를 제안하는 '좋은시
정위원회' 운영, 둘째, 도시의 문제점과 발전 방향을 함께 고민하는 도
시계획 시민계획단 운영, 셋째, 재정민주주의와 주민자치를 실현하는
주민참여예산제도 실행, 넷째, 정책을 직접 집행하고 생활 속에서 구현
하는 마을 만들기 실행, 다섯째, 갈등이 빚어지는 주요 사업에서 객관적
이고 합리적인 해결방안을 모색하는 시민배심원제 운영 등이다. 이 중

가장 성과가 높았던 '시민계획단'과 '마을계획단' 사례를 중심으로 거버넌스 행정을 소개한다.

1) 거버넌스 도시의 실험과 성과

시민계획단 개요┃2012년 초 수원시는 우리나라 최초로 시민의 직접적인 참여를 바탕으로 하는 시민주도형 도시계획을 추진했다. 이는 미국 뉴욕의 세계무역센터 재건축 원탁토론과 독일 졸링겐 시의 세포계획방식 등을 참고하여 우리나라 방식으로 발전시킨 모델이다. 우선 시민과 청소년, 기업을 대상으로 도시계획 시민참여단을 공개 모집했고, 2019년 현재 300명의 시민계획단(초기 130명)과[22] 100명의 청소년계획단이 구성되어 운영되고 있다.

도시기본계획 수립형 시민계획단┃시민계획단이 구성되어 가장 먼저 실천한 거버넌스[23]는 2012년 도시기본계획을 수립한 사례이다. 시민계획단은 사전에 약 100일간 10차례에 걸쳐 운영관리에 대한 세밀한 계획을 수립하고, 3개월간 총 5단계에 걸쳐 본격적으로 운영되었다.[24] 1단계는 비전 및 목표 설정, 2단계는 기본방향과 전략, 3단계는 세부실천전략, 4단계는 지표 및 주요계획, 5단계는 도시기

■ ■ ■ ■ **청소년계획단 토론현장**(수원시 포토뱅크)

■ ■ ■ ■ **시민계획단 활동 최종보고**(수원시 포토뱅크)

본구상 등의[25] 순서로 진행되었다. 또한 시민계획단과는 별도로 수원시청과 39개 주민자치센터 등 총 40개소에 커뮤니티 보드를 설치해 시민들의 다양한 의견을[26] 수렴하여 이를 반영하고자 노력했다.

학습·토론·결정 과정 | 시민계획단은 도시계획 용어 하나에서부터 전문적인 지식이 부족한 일반시민들로 구성되었기 때문에, 총 5단계로 진행된 시민계획단 회의 중간에 '학습 → 토론 → 결정'의 과정을 마련했다. 계획내용에 대해 사전에 충분히 학습하고 분과별로 모여 토론한 후, 전체가 모여 의사를 결정하는 구조로 추진되었다.

학습은 시민계획단이 단계별로 토론할 도시계획 주제에 대한 기본적인 사전교육이었다. 그 내용은 전문가가 단계별 토론 주제를 사전에 충분히 설명하는 시간과 단계별 토론의 쟁점에 대한 몇 가지 대안을 설명하는[27] 것으로 구성되었다. 토론은 학습을 마친 후 6개 분과별로 진행되었다. 분과별 토론과정에서 제안된 내용은 도시계획에 반영될 사항, 일반행정에 반영될 사항, 소수의견 등으로 구분하여 사소한 의견이라도 모두 활용될 수 있도록 했다.

분과별 토론은 원활한 진행을 위해 분과장(토론진행)을 중심으로 간사(종합정리), 간사보(기록), 관련 공무원(질의·응답) 등 도우미들의 적극적인 참여[28]와 유도 아래 진행되었다. 마지막 단계인 결정은 분과별 제안사항을 종합적으로 정리한 뒤, 상정된 안건[29]을 전자투표로 취합했다. 이러한

이재준의 뚜벅뚜벅

'학습 →토론 → 결정'으로 진행된 논의는 시민계획단 스스로 도시의 미래를 구상하고 결정한다는 자부심과 흥미를 북돋는 계기가 되었다.

도시기본계획 수립과정에서 시민계획단이 내린 흥미로운 의사결정에는 '2030년 미래도시 수원을 위한 시민 실천지표'가 있다. 여기에는 매년 이웃사촌 3가족 이상 만들기, 가정마다 월 1회 자원봉사하기, 1가구 1평의 텃밭 가꾸기[30] 등이 있었다. 그리고 청소년계획단의 경우는 한 달에 한 권 책 읽기, 수원시 행사에 연 1회 참가 등 일상생활에서 실천 가능한 사항들이 많이 포함되었다.

의견수렴형 시민계획단

도시기본계획을 수립한 경험을 지닌 시민계획단은 도시의 주요정책을 결정하는 거버넌스로[31] 발전했다. 그 대표적인 사례가 바로 대규모 쇼핑센터인 롯데몰 수원점 개점 시기와 방법에 대한 의견수렴형[32] 시민계획단이다. 2014년 8월 수원시는 롯데쇼핑몰 수원역점 개점 허가 여부를 시민계획단 안건으로 상정했다. 롯데몰(총면적 23만 3,926㎡) 개점 시기 및 개점 후 교통문제 해결방안, 전통시장과 대형유통업체의 상생협력 방안 등 시민계획단의 다양한 의견을 수렴하는 거버넌스 행정의 실행이었다.

토론회 의견을 취합한 결과, 롯데몰 개점 시기는 과선교 개통 이후가 바람직하다(89%)는 의견이 많았다. 개점에 따른 교통문제 해결방안으로는 주변에 환승주차장을 마련하여 주차장을 분산시켜야 한다는 의견

(27.1%)과 도로를 분산해야 한다는 의견(20.9%) 등이 있었다.[33] 또한 전통시장과 대형유통업체의 상생을 위해서는 많은 시민이 전통시장 활성화를 위한 물리적 프로그램 등 지속적인 지원(62.3%)이 필요하다고 응답했다. 이러한 시민들의 의견은 이후 행정에 적극 반영되어, 교통종합대책이 수립되는 3개월 후에 롯데몰이 개점되었다. 특히 과선교 개통 이후에 개점한 롯데몰은 현재 사전주차 예약제, 주차요금제 등의 다양한 보완조치를 완료한 상태에서 운영되고 있다.

계획수렴형 시민계획단 | 시민계획단은 이제 시민이 직접 정책사업에 참여하는 계획수렴형 시민참여로 발전되고 있다. 2014년 10월 수원시 광교택지개발사업 지구에 건립될 예정인 컨벤션센터(연면적 25만 9,400㎡)[34]를 주제로 한 원탁토론이 개최되었다. 시민계획단 300여 명은 컨벤션센터 건립추진 방식 및 차별화 전략, 주변 관광지와의 연계방안 등 총 5가지 주제를[35] 가지고 자유로운 방식으로 토론에 참여했다.

시민의 집단지성을 전자투표로 취합한 결과, 수원컨벤션센터만의 차별화 전략으로는 수원문화를 컨트롤하는 허브 역할 담당(30%)과 독특한 건물 외관 디자인(21%) 등이 높은 선호도를 보였다. 또한 건립추진 방식은 재정여건과 시대 흐름, 수요 등을 충분히 고려한 단계적 실시(51%)가 과반수를 차지했다. 부수적으로 필요한 편의시설로는 전시체험관(26%),

숙박시설(20%) 등 다양한 의견들이 검토되었다. 결과적으로 수원시는
원탁토론을 통해 '정보와 시간 제약이 없는 공간, 다양한 문화를 즐겁게
만날 수 있는 공간, 가족과 함께 오고 싶은 공간, 건강한 미래형 공간'[36]
이라는 수원컨벤션센터의 비전을 수립했다.

마을계획단 개요　　　거버넌스는 지방자치 및 지방분권과도
　　　　　　　　　　　　맥락을 같이한다. 수원시는 '자치와 분권
을 위한 도시경쟁력 강화'를 목표로 2013년 주민참여 마을계획을 정책
화했다. 마을은 도시보다 작은 단위로서, 주민들의 자발적인 참여로 살

기 좋은 지역 만들기를 실천할 수 있는 적당한 규모의 공간이다. 따라서 시민이 주인 되는 도시로 나아가기 위해 실질적으로 가장 많은 관심을 기울여야 하는 것이 바로 마을 만들기이다. 마을에서부터 시작되는 주민참여의 움직임이 도시권역으로 확대되고, 이러한 거버넌스 도시들이 연대하여 국가 전체 시스템으로 정착될 수 있다.

마을계획 수립 과정 | 수원시는 시애틀의 도시근린계획 모델을 참고하여 '마을계획단'을 발족했다. 우선 성공적인 마을계획단 운영을 위해 40개 행정동을 하나의 마을 단위로 규정하고, 행정동 단위로 마을협의회를 구성했다. 마을협의회는 그동안 수원시 마을 만들기 공모사업에 참여한 마을 만들기 사업 주체들과 주민자치위원회, 통반장협의회, 기타 동 기관장 등을 중심으로 구성되었다. 이 같은 마을협의회 준비과정을 거쳐 2013년 총 40개 중 준비된 35개 행정동의 주민 450명과 전문가 150명이 모여 총 600명의 마을계획단을 구성했다. 마을계획단은 5차례 이상의 공식 논의과정을 통해[37] 최초로 마을계획을 체계적으로 수립했다.

마을계획단은 먼저 각자 거주하는 마을현장을 조사·분석하여 마을의 장단점을 세밀하게 파악하고, 마을의 미래 비전과 목표 및 추진전략을 도출했다. 또한 마을 단위의 주택, 일자리, 교육, 교통, 토지이용, 건축 등 다양한 분야를 종합한 마을 기본구상과 장단기 마을 만들기 사업

이재준의 뚜벅뚜벅

▪ ▪ ▪ **마을계획단의 열띤 토론 현장**(수원시 포토뱅크)

▪ ▪ ▪ **마을계획단 최종 발표회**(수원시 포토뱅크)

발굴을 주요과제로 삼았다. 이처럼 마을 주민들이 스스로 만든 미래 비전과 목표, 전략 등은 마을별 지속가능한 발전방향으로 자리 잡게 되었고, 주민들이 직접 수립한 마을 기본구상을[38] 주민참여예산과 도시기본계획과도 연동시켰다.

수원시 마을계획단은 도시계획단의 마을 버전이라고 할 수 있다. 각 동의 마을 주민들이 자발적으로 참여해 구성된 마을계획단은 희미해져 가는 마을의 정체성을 되찾고, 마을 고유의 특색을 살리기 위한 의견을 나누며,[39] 마을르네상스를 이끌어갈 실질적인 주체로서 그 역할을 다하고 있다.

2) 도시정책의 새로운 플랫폼, 거버넌스 도시의 가능성

대한민국 최초의 거버넌스 모델인 수원시의 시민계획단과 마을계획단 경험을 통해, 도시정책 수요자와 공급자의 플랫폼 역할을 하는 거버넌스 도시의 다양한 가능성을 발견했다. 시민계획단과 마을계획단은 개인의 이익보다 공익을 우선한다. 사실 초기에는 토론과 의사결정 과정에서 집단이기주의가 표출되어 갈등이나 논쟁이 벌어질지도 모른다는 우려가 있었다.

그러나 계획단에 참여한 시민들은 집단지성을 통해 수원의 미래를

이재준의 뚜벅뚜벅

위한 균형 있는 발전과 낙후된 구도심의 문제해결 등 중도적이고 공익적인 측면에서 논의를 진행했다. 전문가의 의견과 최종 채택된 시민계획단과 마을계획단의 결정은 그[40] 수준에서도 큰 차이가 없었고, 청소년계획단의 의사결정 수준 역시 마찬가지였다. 소수의 전문가가 아닌 시민들이 가진 집단지성의 힘을 실제 경험을 통해 확인한 것이다.

수원시 거버넌스 모델, 유엔 해비타트 대상 수상

이러한 수원시의 혁신적인 도전은 거버넌스 모델의 선도적인 사례로서 국내외적으로 많은 인정을 받았다. 국내에서는 2013년 국토해양부가 주관하는 도시대상에서 대통령상을 받는 영광을 차지했고, 시민계획단 활동은 2014년도 초등학교 사회 교과서에 등재[41]되기도 했다. 국외에서 하는 평가 역시 긍정적이다. 2013년 4월 콜롬비아 메데인에서 열린 세계도시포럼에서 우리나라 지자체 최초로 수원시가 '2013년[42] 유엔 해비타트 대상Scroll of Honour Award'을 수상한 것이다. 유엔 해비타트 관계자는 "시민이 계획하고 예산을 세우고 실제로 집행하는 등 거버넌스의 삼박자를 고루 갖췄다."며 "특히 시민이 주체가 되어 도시의 비전을 구상했다는 점을 높이 평가했다."고 밝혔다. 수원 시민의 노력과 집단지성의 힘이 국제적인 선도 사례로서 인정받은 것이다.

이제는 시민이 중심 되는 시대가 열렸다. 지속가능한 거버넌스 도시는 시민이 주체가 되는 자생적인 회복력을 발휘했을 때 비로소 완전한 모

습을 갖추게 된다. 시민들이 성장하고 자치 능력이 향상되는 것을 경험
한 필자는 거버넌스 도시의 미래를 희망적으로 평가한다. 우리 사회가
시민이 품고 있는 집단지성의 힘을 믿고 함께 나아간다면, 마을을 바꾸
고 도시를 되살리고 국가를 혁신할 수[43] 있다. 우리 시대는 지속가능한
도시를 위한 깨어 있는 시민의식과 적극적인 참여를 바탕으로 한 거버
넌스 도시를 절실히 원한다.[44]

이재준의 뚜벅뚜벅

"수원의 미래, 시민이 설계한다"
시민계획단 130명 토론 · 투표로 비전 결정
6월까지 '2030도시기본계획' 밑그림 완성

경기도 수원시가 전국 지자체 가운데 최초로 시민참여형 도시기본계획을
수립하고 있다. 최근 '파이시티' 비리사건으로 도시계획위원회의 투명성 · 독
립성을 강화해야 한다는 지적이 나오고 있어 수원시의 새로운 실험에 정부와
지자체들의 관심이 쏠리고 있다.

수원시는 지난달 28일 '수원의 미래, 시민의 손으로 만들어 갑니다'라는 기

치를 내걸고 '2030년 도시기본계획수립'을 위한 시민계획단 1차 회의를 열었다. 〈사진〉

이날 회의는 도시기본계획 수립에서 가장 중요한 '비전과 목표'를 결정하는 자리로, 지난 2월 위촉된 시민계획단과 시의원, 관련 공무원 등 164명이 참석했다. 허재완 중앙대학교 교수가 기조발제를 통해 '사람과 자연이 행복한 휴먼시티 수원'과 '사람이 살기좋은 역사문화첨단도시'를 비전 1·2안으로 제시했다. 시민계획단은 균형발전, 마을만들기, 환경수도, 경제활성화 등의 주제별로 분과를 나눠 열띤 토론을 벌였다. 이어 분과회의에서 토론한 내용을 공유하고 수원의 미래 비전을 결정하는 전자 투표를 실시했다. 기조발제에서 제시한 1·2안과 회의과정에서 새로 제시된 '사람이 행복한 그린시티'까지 3개안을 놓고 투표했다. 투표결과 1·2위 동수가 나와 2차 투표까지 실시했다. 결국 2%의 근소한 차이로 '사람과 자연이 행복한 휴먼시티, 수원'이 수원의 미래상으로 결정됐다. 이재준 제2부시장은 "이번 회의는 과거 소수 전문가 위주의 도시계획 수립과정이 시민 주도형 도시계획으로 바뀌는 첫 발을 내딛는 자리였다"고 평가했다. 시민계획단은 오는 6월 말까지 모두 5차례 회의를 통해 시민요구에 부응하는 20년 후의 장기적·종합적 계획을 수립할 계획이다.

그러나 수원시의 시민계획단 운영에 대해 공무원, 대학교수 등 전문가들의 반발도 적지 않았다. 그동안 도시기본계획은 전문기관의 용역을 통해 결정됐다. 용역회사와 일부 전문가, 공무원들이 결정하는 구조였다. 일부 대학교수 등 전문가들은 도시계획수립과정을 시민들에게 공개하면 갈등과 투기 등 문제가 생긴다며 반대했다. 공무원들은 자신들의 권한 침해를 우려했다.

이 부시장은 "시민 다수의 공개된 논의를 통해 갈등과 투기를 지혜롭게 극복할 수 있고, 공직자들의 책임의식도 더 높아질 것이라고 설득해 받아들였다"며 "초기에는 이기적인 요구가 나올 수 있지만 역량이 쌓이면 토지이용계획도 시민주도로 만드는 단계까지 발전할 수 있을 것으로 확신한다"고 말했다. 그는 "시민계획단 운영의 전 과정을 백서로 만들고 논의사항은 일반 행정

이재준의 뚜벅뚜벅

을 통해서라도 반영할 계획"이라고 덧붙였다.

　실제 아직 실험단계지만 서울시가 이미 수원시의 시민계획단 운영사례를 벤치마킹해 갔다. 국토해양부도 수원시의 실험이 성공할 경우 도시계획수립 과정에 시민참여를 제도화하는 방안도 검토할 것으로 알려졌다. 이 부시장은 "독일 미국 등 선진국에서는 도시계획은 물론 경관까지 시민들이 결정하는 사례가 많지만 국내에서는 첫 시도"라며 "도시계획에 대해 시민들이 자유롭게 논의하고 참여하도록 만드는 게 목표"라고 말했다.

(2012년 5월 9일 내일신문)

Ⅱ

도시를 도시의
주인에게

도시는 인간의 다양한 활동을 담는 삶의 터전이다. 주거와 생산, 정치를 비롯하여 위락, 문화, 예술 등의 다양한 여가활동을 담고 있다. 이중 여가활동과 가장 밀접한 도시공간은 도시 내 공원, 녹지, 광장, 운동장, 하천, 저수지, 유수지, 그린벨트 등의 옥외 여가공간이다. 이 같은 도시 내 여가공간은 소득증대와 주5일 근무제 도입 등 최근 우리 사회의 사회 · 경제적인 여건변화에 따른 여가행태를 수용하여 변화되고 있다.

Innovation of City

#1

시민을 위한
도시 만들기

1. 공유경제가 바꿀 도시의 모습

2. 동네 숲과 도시 공원

3. 도시공공시설을 둘러싼 갈등

4. 토지공개념과 국토보유세

5. 수도권 3기 신도시 건설

공유경제가 바꿀
도시의 모습

최근 '공유경제'란 용어를 많이 사용
한다. 언론은 비롯해 광고에도 자주
등장하는 공유경제sharing economy는 자원을 함께 공유하여 활용을 극
대화하는 경제활동이다. 물품은 물론 서비스를 개인이 소유할 필요 없
이 필요한 만큼 빌려 쓰고, 다른 사람에게도 빌려주는 공유소비의 의미
를 담고 있다. 따라서 공유경제는 대안적인 사회운동이기도 하다. 소유
자는 효율을 높이고, 구매자는 싼값에 이용할 수 있는 소비 형태인 셈이
다. 대량생산과 대량소비의 자본주의 경제에서 서로 나눠 쓰는 대안적
인 사회운동이자 경제활동으로 발전하고 있다.

이러한 공유경제가 최근 우리의 일상 속으로 빠르게 정착하게 된 것은 인터넷 및 모바일 플랫폼의 발달 덕분이다.[45] 기존 시장에서 거래되기 어려웠던 도시 내 다양한 물품이나 공간들이 인터넷 및 모바일 플랫폼의 발달로 시장에서 거래되거나 경제적으로 활용되기 때문이다. 빈집이나 빈방 공유 플랫폼인 에어비앤비Airbnb, 모바일 차량공유 중개서비스를 제공하는 우버Uber, 자전거를 서로 공유하는 모바이크Mobike, 인터넷 이용자가 쓴 글이나 이미지, 동영상을 경제활동으로 연결하는 구글Google 등이 대표적인 사례다. 인터넷 및 모바일 플랫폼을 이용한 공유경제가 세상을 바꾸고 도시를 바꾸고 있다.[46]

숙박 · 사무실 ·
주차장 · 공공시설 공유

공유경제가 바꾸는 도시의 미래는 매우 다양하다. 주택, 사무실, 교통수단, 공공시설, 기업의 산업시설 등 공유경제가 바꾸는 도시의 모습은 무궁무진하다. 예를 들어 빈집이나 빈방을 숙박시설로 활용하는 숙박 공유와 여러 사람이 하나의 주택을 공유하는 주거와 관련된 공유는 이미 전세계적으로 퍼져가고 있다. 또한 여러 사람이 협업공간으로 사무 공간, 회의실 등을 공유하고, 창업보육센터의 기능을 제공하는 사무실 공유도 점차 늘어가고 있다.[47]

또한 카셰어링, 카클럽, 자전거 공유 등 다양한 방식의 교통수단 공유도 이미 보편화되고 있다. 아울러 낮에 비어 있는 아파트 주차장, 주택가 노상주차장 등을 공유하는 주차장 공유와 평일 저녁과 주말 등의 시간에 사용하지 않는 학교, 도서관, 주민센터, 구청 등의 공공시설을 시민에게 무료 혹은 적은 비용으로 사용하는 공공시설 공유는 많은 지방정부에서 앞다투어 정책화하고 있다.

심지어는 기업이 유휴 산업시설 자산과 시설을 통합해 공유함으로써 잉여생산 문제를 해결하고, 생산 개혁을 촉진하는 기업의 산업시설 공유도 향후 확산될 전망이다. 그 외에도 개인 소유의 가게, 독서실, 텃밭, 교회, 창작공간에 이르기까지 다양한 형태의 공유공간 수요가 더욱 늘어날 것으로 전망된다. 이미 공유경제가 도시를 다양하게 바꿔가고 있다.

■ ■ ■ **공유도시**(출처: 공유허브 홈페이지 http://sharehub.kr/sharestory/news_view.do?storySeq=1792)

이재준의 뚜벅뚜벅

이처럼 공유경제의 공유 공간 영역은 인터넷 및 모바일 플랫폼과 결합해 개인 단위에서 공동체 단위로 발전하고, 마을 단위 공동체에서 도시 단위 공동체로 더욱 다양화되고 확장될 것이다. 공유경제가 바꿀 미래의 도시 모습을 예측하면 다음과 같다.

첫째, 모두를 위한 형평성 있는 포용도시로 발전할 것이다. 서로 나눠 쓰는 공유경제는 사회적 약자를 포함한 '모두를 위한 도시'로서 불평등, 양극화 문제를 해소하고자 하는 포용도시inclusive city로 발전할 것이다.

둘째, 공유 플랫폼 시장으로 다양한 사회적 경제 활동을 촉진할 것이다. 물건, 서비스 혹은 사람까지 공유하는 경제활동으로서 공유경제는 다국적 기업은 물론 생활밀착형 협동조합(홈셰어링의 주택협동조합 등)을 비롯한 다양한 사회적 경제활동을 촉진할 것이다.

셋째, 도심 활성화 전략이나 쇠락한 산업도시의 도시재생 정책으로 확대될 것이다. 재사용하고 나눠 쓰는 공유경제는 도시 내 별도의 산업단지 건설이나 인프라 투자보다는 기존 자원을 적극적으로 활용하기 때문에, 쇠퇴한 도심의 활성화 전략이나 노후된 산업단지 도시재생urban regeneration의 효과적인 수단이 된다.

넷째, 한정된 도시의 공간 활용을 극대화할 것이다. 낭비 없고 과잉 개발이 없는 도시개발로 토지를 복합적·입체적으로 활용해 대중교통을 촉진하는 컴팩트시티compact city로 변화시킬 것이다.

다섯째, 공유 플랫폼 시장은 사물인터넷 기술과 결합해 제4차 산업혁명의 플랫폼으로 성장할 것이다. 인터넷 및 모바일의 공유경제 플랫폼은 향후 사물인터넷IoT 기술과의 결합으로 제4차 산업혁명의 플랫폼이라 할 수 있는 스마트시티Smart City로 성장할 것이다.

한마디로 공유경제를 통해 발전할 미래도시는 포용도시로서 다양한 사회적 경제활동이 촉진되고, 지금보다 더 도시재생 정책을 확대하여 컴팩트하고 스마트한 도시로 성장할 것이라고 예측할 수 있다. 그러나 공유경제는 긍정적인 부분과 동시에 다양한 부작용도 예상된다. 시장영역 침해, 안전사고 책임, 기존 계획체계의 잠재적 갈등과 같은 다양한 부작용도 예상된다. 따라서 부작용을 최소화하고 잠재성을 극대화할 수 있도록 공공부문의 역할과 정책 및 제도 개선이 동시에 뒤따라야 한다. 세상을 바꾸는 공유경제는 이미 도시를 바꾸고 있다. 무궁무진한 공유경제와 함께 새롭고 흥미로운 미래의 도시를[48] 함께 꿈꿔보자.

02

동네 숲과 도시공원

매일 산책하는 우리 동네 숲과 공원이 사라진다면 어떨까? 올해 하반기부터 어쩌면 이런 일이 생길지도 모른다. 동네 숲과 공원 중에서 출입이 금지되거나 개발사업이 일어날 수도 있다. 바로 '공원일몰제' 때문이다. 공원일몰제는 20년간 조성되지 않은 도시공원은 바로 해제되는 제도이다. 1999년 헌법재판소는 '지자체가 개인 소유의 땅에 도시계획시설을 지정하고 장기간 이를 집행하지 않으면 개인 재산권을 침해하는 것'이라는 헌법불합치 결정을 내렸다. 이에 따라 2000년 7월 기준으로 도시계획시설로 지정된 공원은 2020년 6월 30일까지 지방자치단체가 토지를 매입하지 않으면 지정된 공원이 일괄적으로 해제되는 것이다.

공원일몰제 시행이 바로 올해이다. 공원일몰제로 해제되는 도시공원은 우리나라 전체적으로 367.7㎢ 규모나 된다. 이는 현재 우리나라 공원시설의 42%에 해당한다. 이는 서울시 전체 면적의 2/3 규모로 축구장 5만 개 수준이다. 이중 사유지는 75%이며, 국공유지는 25% 수준이다.

**공원일몰제는
다양한 문제 야기**

공원일몰제는 사실 큰 문제다. 먼저 국민의 '환경권'이 크게 위협받는다. 우리 헌법 제35조는 모든 국민은 건강하고 쾌적한 환경에서 생활할 '환경권'을 보장한다. 현재 우리나라 1인당 공원면적은 7.6㎡인데, 공원일몰제 이후 약 4㎡ 수준으로 낮아질 전망이다. 선진국의 20~30㎡ 수준보다 현

저히 떨어진다. 이는 국민의 '환경권'이 크게 위협받는 것이다. 또한 절반 수준의 공원 면적이 해제되면서 '미세먼지 감소, 대기 질 개선, 온실가스 흡수, 열섬현상 완화, 생물 다양성 제공, 휴양 및 경관 제공' 등 다양한 공원의 공익적 가치들이 훼손된다. 아울러 해제되는 공원 토지에 주택, 상가, 공동주택 등 다양한 개발이 이뤄질 가능성이 높아 무분별한 국토 난개발이 우려된다. 이는 전국적으로 심각한 문제다.

공원의 사무는 원래 중앙정부의 몫이었다. 그러나 1995년 도시계획법 개정으로 지방사무로 이관되었다. 그동안 헌법불합치 판결 이후 지난 20년간 중앙정부는 뒷짐지고, 재정이 취약한 지방정부는 무관심으로 공원일몰제를 내버려뒀다. 불과 1년을 앞두고 시민단체와 언론으로부터 지적을 받은 국토부는 2019년 5월 '공원일몰제' 대책을 발표한 바 있다. 주요 핵심 내용은 ▶국공유지는 10년간 실효 유예 ▶도시자연공원구역 지정 ▶공원 관련 지방채발행 한도 상향 등이다. 그러나 학자와 행정 경험을 가진 필자의 식견으로 볼 때는 아쉬움이 너무 많다. 최근 한 TV 언론사의 '공원일몰제' 토론회에 필자가 참여해 제안한 추가적인 실행 가능한 근본 대책을 정리하면 다음과 같다.

**공원일몰제
근본 대책 제안**

첫째, 공원 매입비용 지방채 50%를 중앙정부가 지원하는 것이다. 공원일몰제 대

이재준의 뚜벅뚜벅

상 사유지 중 매입이 필요한 우선 관리지역 매입비용은 총 12조 원 정도로 추정된다. 따라서 중앙정부가 지방채 50% 지원을 위해 연간 4,000억의 국고지원을 정책화하면 근본적으로 해결할 수 있다.

그동안 중앙정부는 지방 사무이자 도시계획시설인 도로와 상·하수도 사업에 대해서는 그 시급성을 인정하여 최대 80%까지 국고지원을 해왔다. 공원 역시 도시계획시설의 하나다. 국고지원을 통해 전국적으로 도로 83%, 상하수도 100% 집행된 사례와 같이 이제는 국고지원 대상으로 공원을 포함할 필요가 있다. 만약 여의치 않으면 문재인 정부의 '생활SOC' 정책 차원에서 공원일몰제에 대응하는 국고지원 방안을 추진해야 한다.

둘째, 공원일몰제에 대응한 재정 확보를 위해 신규 세원을 발굴할 필요가 있다. 도시공원은 도시민의 환경권을 보장하는 최소한의 공간이며, 생태학적으로 중요한 다음 세대를 위한 소중한 국토자원이다. 따라서 공원 확충을 위해 기존 도시계획시설의 상수도세·하수도세와 같은 신규 '공원녹지세'를 발굴할 필요가 있다.

신규 공원녹지세는 일본 요코하마 시의 '녹지세'를 참고할 수 있다. 요코하마 시 녹지세는 '요코하마 녹지UP계획(2008)'에 따라, 특별녹지보전지구 매입과 관리사업, 녹화추진사업, 시민참여사업 등에 사용하는 세금으로 특별회계로 관리되고 있다. 만약 이것도 여의치 않으면 주택

복권과 같은 공원복권을 발굴해 별도의 기금을 마련할 수 있다. 이처럼 국민의 환경권은 물론이고 무분별한 국토 난개발을 방지하는 차원에서 공원일몰제에 대한 근본적인 대책 마련을 위한 공론화 과정이 시급하다. 한 번 훼손된 공원은 결코 되돌릴 수 없기 때문이다.

현재 장기 미집행 도시계획시설은 공원을 비롯하여 도로와 녹지 등 다양하다. 그중에서 장기 미집행 도시계획시설의 약 60%는 공원시설이다. 2015년 기준으로 전국 장기 미집행 공원시설 면적은 516㎢로 토지 보상비만 100조 원에 이른다. 공원시설을 조성하고 관리하는 것은 지방 자치단체 사무에 해당한다. 재정능력이 취약한 지자체가 장기 미집행 공원을 조성하자니 재원이 없고, 국가는 지방 사무라는 이유로 그동안 그냥 방치한 것이다. 그러나 당장 장기 미집행 공원시설이 법적으로 자동 해제되면 도시계획 없이 주택에서 공장개발에 이르기까지 다양한 난개발 형태의 건축행위가 이루어질 가능성이 높은 것이 큰 문제이다. 지자체의 문제는 곧 국토 전체 측면에서도 큰 문제라 할 수 있다.

03

도시공공시설을
둘러싼 갈등

편리한 도시생활을 위해서는 반드시 공공시설이 필요하다. 도시 내 공공시설이란 도시를 구성하는 기반시설을 말한다. 제도적으로는 「국토의 계획 및 이용에 관한 법률」에 근거해 도시관리계획으로 결정된 도시계획시설을 말한다. 우리가 사는 도시는 쾌적한 공원시설은 물론 환경시설(쓰레기소각장 등), 에너지공급시설(집단에너지 시설 및 송전선로 등), 추모시설(화장장, 묘지 등), 복지시설(장애인 및 노인요양시설) 등 아주 다양한 도시공공시설을 갖추고 있다.

144 ——

**도시공공시설과
님비현상**

도시공공시설은 전체 시민들에게는 반드시 필요한 시설이지만, 때로는 소음·악취 등의 환경적 피해와 부동산 가치 하락 등의 문제로 인해 특정 주민 입장에서는 기피시설이 될 수도 있다. 기피시설로는 쓰레기소각장, 교도소, 하수처리장과 같은 광역적인 대규모 시설에서부터, 숙박시설(모텔, 여관 등), 유흥주점, 주유소, 고속화도로 등 다양한 시설이 포함된다. 이러한 기피시설을 통상 혐오시설嫌惡施設이라 하며, 내 집 앞이나 내가 거주하는 지역에는 절대 기피시설을 둘 수 없다는 것이 바로 님비현상이다.

님비현상은 도시공공시설을 위한 정책 또는 사업을 계획하거나 추진하는 과정에서 다양한 이해관계의 갈등으로 나타난다. 왜냐하면 도시공공시설은 그 사회 전체의 불특정 시민들에게는 편익을 주지만, 사업이 시행되는 해당 지역의 주민들에게는 오히려 비용과 희생을 강요할 수 있기 때문이다. 그래서 아무리 도시에 필요한 시설일지라도 내 집 앞이나 내가 거주하는 지역은 절대 안 된다는 집단적 갈등으로 나타나는 것이다.

이러한 도시공공시설과 관련된 갈등은 정부 입장에서 보면 반드시 설치해야만 하는 시설임에도 공익을 무시한 채 사익만을 추구하는 주민들의 이기주의적 발상일 수 있다. 하지만 해당 주민들 입장에서 보면 재

산권이나 생존권 등 자신들의 기본권익을 확보하려는 정당한 요구일 수 있다. 따라서 도시공공시설의 갈등을 해석하거나 그 갈등을 해결하는 것은 매우 어려운 일이다. 그러나 반드시 사회적 비용과 상처가 많이 유발되는 도시공공시설과 관련된 갈등은 정부는 물론 시민사회의 다양한 노력을 통해 해결되어야 한다.

**공공시설 관련 갈등을
줄이는 최선책** | 도시공공시설과 관련된 갈등을 최소화하기 위한 최선의 방법은 크게 3가지로 설

이재준의 뚜벅뚜벅

명할 수 있다.

첫째, 관련법과 제도에서 제시한 기준을 준용하여 법제적 정합성을
유지하는 것이다. 법제적 정합성은 시민들의 건강과 안전, 환경기준을
충분히 만족시키고 위험요소를 최소화하는 측면에서 그 기준을 충족시
킬 수 있는 모니터링과 절차에 대한 통제가 담보되어야 한다.

둘째, 공공시설 설치와 관련된 모든 부작용에 대한 검토가 충분히 이
루어져야 한다. 만약 공공시설 설치에 따른 부작용을 예방하거나 갈등
완화가 어려울 때에는 다양한 형태의 인센티브나 보상을 통해 이해관계
자들을 설득하는 것이 필요하다. 아울러 향후 문제가 발생할 가능성이
있는 부문은 조건부 동의를 통해 대처하고, 사고 발생과 같은 위험요인
은 향후 새로운 과학기술에 따라 적절히 대응할 수 있도록 사전에 문서
화하는 것이 필요하다.

그럼에도 공공 갈등으로 심화될 경우에는 정부와 해당 지역 주민은
물론 전문가 등 광범위한 이해당사자가 참여하는 토론회나 시민배심원
제를 개최할 필요가 있다. 이러한 방식이 필요한 이유는 다양한 의견청
취가 가능하고 때로는 합리적인 주민합의나 결정을 유도할 수 있기 때
문이다. 이같이 광범위한 이해당사자가 참여하는 토론회나 시민배심원
제를 개최할 때 판단 기준은 다수의 공공이익이 무엇인가 하는 것이다.

다수의 공공이익을 위해 소수의 이익이 침해당할 경우 소수에게 다양한 인센티브를 부여하는 등 합리적인 주민합의가 필요하다.

셋째, 진정한 소통의 자세를 지닌 시민들의 의식변화가 중요하다. 내가 희생해야 하는 부분에만 얽매여 무조건적인 반대와 질시는 갈등만 키울 뿐 전체의 이해당사자들에게 전혀 도움이 되지 않는다. 이제는 갈등과 대립이 아닌 타산지석의 자세로 진정한 소통이 필요하다. 우리 삶에 꼭 필요한 공공시설을 어떻게 합리적이고 효과적으로 설치하여 이용할 것인지 이해당사자 간에 머리를 맞대는 성숙한 자세가 필요한 시기이다.

04

토지공개념과
국토보유세

저성장시대에 경제 양극화가 심화
되고 있다. 소득 격차, 빈곤 대물
림, 중산층 붕괴 등 경제 양극화는 사회적 불평등을 가져온다. 불평등의
가장 대표적인 사례 중 하나는 성실하게 노력한 대가보다 '조물주 위 건
물주'라는 농담처럼 부동산으로 불로소득을 취하는 것이다. 이러한 불
평등은 토지 부동산이 지나치게 특정한 소수에게만 집중되어 있기 때문
이다.

2014년 기준으로 개인 토지 소유자 중 상위 10%가 전체 개인 소유지
의 64.7%를, 법인은 상위 1%가 전체 법인 소유지의 75.2%의 토지를 소
유하는 것으로 나타났다. 반면에 40.1%의 가구는 토지를 한 평도 소유

하지 못하고 있다. 그런데 한 해 동안 발생하는 토지 부동산의 불로소득은 약 400조 원에 달한다. 1년 국민총생산GDP의 약 1/4에 해당한다. 아울러 토지 부동산의 보유세는 0.3% 정도인 데 반해 자동차 보유세는 시가의 1.8% 정도라서 과세 형평에도 어긋난다.

따라서 이러한 불평등을 개선해 경제성장의 디딤돌로 삼아야 한다. 그렇게 하려면 새로운 발상의 전환이 필요하다. 그 새로운 발상은 토지공개념과 국토보유세로 정책을 전환할 필요가 있다.

토지공개념은 수익권 일부를 세금으로 거두자는 것

토지공개념은 토지의 개인적 소유권은 인정하되 토지 이용은 공공복리에 적합하도록 하자는 개념이다. 즉 토지의 공공성과 합리적 사용을 위해 토지 소유권 중에서 사용권과 처분권은 인정하되, 수익권 일부를 세금으로 거두는 것이다. 이러한 토지공개념은 사유재산을 부정하는 개념이 아니다. 토지를 공공재산으로 하자는 것이 아니라, 토지에서 얻어지는 일부 불로소득을 공공재산으로 만들자는 것이다. 이러한 토지공개념은 헨리 조지의 이론에 근거하고 있다. 헨리 조지는 소득보다 지대가 빠르게 상승하면 토지 소유자는 불로소득으로 더욱 부유해지지만, 대중은 빈곤해져 경제적 불평등이 증가된다고 보았다.

이러한 토지공개념은 이미 스페인, 덴마크, 뉴질랜드, 대만 등에서는

이재준의 뚜벅뚜벅

헌법에 명시되어 있다. 별다른 노력 없이 토지 지가가 높아지면 그 가치 만큼을 공공에 귀속하고 상승분에 토지증가세를 부과하는 내용으로 구성되어 있다. 우리나라는 그간 「택지소유 상한에 관한 법률」, 「개발이익 환수에 관한 법률」, 「토지초과이득세법」을 토지공개념으로 도입했지만, 「토지초과이득세법」과 「택지소유 상한에 관한 법률」은 재산권 침해 등의 이유로 위헌 또는 헌법불합치 결정으로 폐기되었다. 이밖에 「토지관리 및 지역균형개발 특별회계법」, 「종합토지세법」, 「부동산 가격공시에 관한 법률」 등도 넓은 의미로 적용되지만, 제도 완화와 강화를 반복하면서 그 취지가 무색해졌다.

그러나 토지공개념이 우리 사회에서 재논쟁이 시작된 것은 2018년 대통령이 제안한 헌법개헌안에 이 개념이 포함된 이후부터이다. '불평등을 개선하는 정책이다', '세금확충을 위한 꼼수다' 등의 다양한 논쟁이 있지만, 가장 설득력 있는 주장은 국토보유세이다.

부동산 소유 불평등 완화와 소득분배 효과

국토보유세는 토지에서 발생하는 불로소득이 국민의 이익으로 돌아갈 수 있도록 '기본소득형 국토보유세'를 도입하는 데 있다. 이재명 경기도 도지사는 "기본소득형 국토보유세를 도입하면 투기 목적으로 부동산을 보유한 개인과 법인이 불필요한 부동산을 매각해 부동산 소유 불평등을 완화할 수 있고, 국토보유세를 통해 거둬들인 세금을 기본소득으로 나눠주면 소득분배 효과도 낳을 수 있다."고 설명한다.

이를 뒷받침하는 것이 토지+자유연구소 남기업 소장의 논리다. 그는 국토보유세 관련 토론회에서 "최근 과세표준을 근거로 국토보유세의 예상되는 세수 수입을 약 15조 원 이상으로 추계해, 국민 1인당 연간 30만 원 정도의 소득분배를 할 수 있다."고 주장하고 있다. 물론 향후 심층적인 연구가 필요하지만 토지공개념에서 출발한 국토보유세는 정책 목표와 방향이 명확하다는 점에서 매우 설득력이 높다.

그러나 국토보유세가 실현되려면 향후 넘어야 할 산이 많다. 우리나라 헌법은 '모든 국민의 재산권을 인정한다(23조)', '자유경제 시장질서(119조)'를 규정하고 있다. 이에 국토보유세가 사유재산권과 시장경제를 침해할 수 있다는 저항이 거셀 것으로 전망된다. 따라서 충분한 사회적 이해와 합의가 전제되어야 한다. 토지공개념과 국토보유세는 불평등을 개선하고 기본소득으로 국민의 기본권을 보장할 수 있는 새로운 발상인 것은 분명하다. 새로운 발상에 대한 사회적 합의를 이뤄내는 것이 새로운 정책을 실현하는 첫걸음이다.

05

수도권 3기
신도시 건설

죽었던 신도시 정책이 다시 살아났
다. 도시재생 뉴딜로 정책을 전환했
던 문재인 정부가 궁여지책으로 신도시 정책을 선택했다. 문재인 정부
는 주택공급을 늘리는 대규모 신도시 정책은 쓰지 않겠다는 입장을 밝
혀왔다. 신도시 정책의 실효성이 충분히 검증되지 않았고, 지방분권과
국토균형발전을 내세운 정부철학에도 어긋나기 때문이다. 그러나 정책
을 바꾸었다. 서울의 집값 급등세를 잡기 위해 그동안 보유세 강화 등
투기수요 억제에만 집중했다가 공급확대 정책을 병행하는 차원에서 신
도시 정책을 선택한 것이다.

이재준의 뚜벅뚜벅

**3기 신도시 건설로
서울 집값을 잡는다?**

집값 안정화를 위한 신도시 정책은 역대
정부에서도 있었다. 1기 신도시는 노태
우 정부의 200만 호 주택건설 정책으로 분당, 일산, 중동, 평촌, 산본 등
의 5개 신도시가 건설되었다. 총 28만 호를 목표로 1989년부터 공급해
1992년 완료됐다. 2기 신도시는 노무현 정부의 100만 호 주택건설 정책
으로 위례, 인천검단, 김포한강, 파주운정, 동탄1, 동탄2, 성남판교, 수
원광교, 양주(옥정, 회천), 고덕국제화 계획지구 등의 10개 신도시가 건설
되었다. 총 61만 호를 목표로 2003년부터 공급해 현재 거의 마무리 단

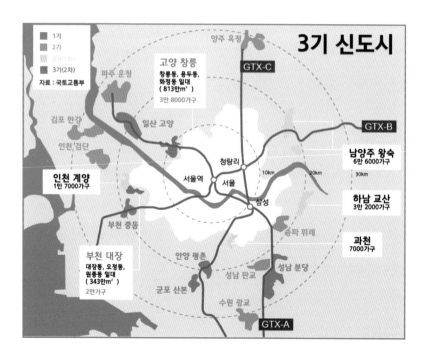

계다. 1기 신도시가 서울 도심 반경 20km에 위치하고, 2기 신도시는 30km에 위치한다.

국토교통부는 2018년 12월 19일 '수도권 3기 신도시' 일부를 발표했다. 경기도 남양주와 하남, 인천 계양구와 과천에 3기 신도시가 조성된다는 내용이었다. 정부는 2018년 9월 21일 3만 5,000호를 공급한다는 발표와 12월 19일 15만 5,000호 공급에 이어 2019년 상반기에 11만 호를 추가로 공급하여 주택 30만 호를 수도권에 공급할 계획이다.

그러나 3기 신도시 계획은 궁여지책窮餘之策에 가깝다. 폭등하는 서울 집값 안정을 목표로 추진하는 부동산 정책이기 때문이다. 이번 신도시 건설은 대기수요를 심리적으로 안심시켜 집값을 안정시키는 것이 그 목표이다. 그러나 지난 성장시대의 1·2기 신도시와 비교해 볼 때 저출산·저성장시대의 3기 신도시는 정책적 효과가 크지 않을 수 있다. 심리적인 집값 안정을 얻을 수는 있지만 분명히 잃는 것도 있기 때문이다.

3기 신도시 건설로 잃는 것들

3기 신도시 정책은 문재인 정부의 국정철학과 배치된다. 즉 3기 신도시는 문재인 정부의 핵심 국정과제인 도시재생 뉴딜정책과 국토균형발전과 지향점이 다른 것이다. 그 이유는 다음과 같다.

첫째, 3기 신도시 건설은 불가피하게 수도권 집중효과를 가져올 수 있다. 3기 신도시 건설로 인해 노후하고 쇠퇴한 도시환경을 개선하고자 하는 도시재생 뉴딜정책과 국토균형발전의 정책적 효과가 줄어들 수 있기 때문이다.

둘째, 3기 신도시 건설은 부동산 양극화를 부추기고 지방도시 소멸을 가져올 수 있다. 현재 지방 아파트 가격은 2016년에 이어 3년 연속 하락해 서울과 지방의 부동산은 극심한 양극화 현상을 보이고 있다. 일부 지방에선 집값이 전셋값 밑으로 떨어져 깡통주택까지 등장한 실정이다. 특히 3기 신도시 건설은 수도권 인구를 더욱 집중시켜 재정자립도가 낮은 지방도시의 소멸을 가져올 수 있다.

셋째, 3기 신도시 건설은 그린벨트와 그 주변 지역을 훼손시킬 수 있다. 통계청에 따르면 2017년 말 기준으로 그린벨트는 전국 약 3,846.3 ㎢로, 처음 지정 면적(5,397.1㎢)에 비해 28.7%가 해제되었다. 그동안 수도권의 그린벨트는 국민임대주택, 보금자리주택, 지역현안사업, 집단 취락주거 등의 이유로 지속적으로 해제가 이루어져 왔다. 3기 신도시로 인해 추가로 약 15㎢ 내외의 그린벨트가 훼손될 것이라고 한다.

**3기 신도시 정책이
실효성을 가지려면**

이번에 발표된 공급확대 정책은 총 30만 호를 목표로 수도권 4~5곳에 3기 신도시

(330만㎡ 이상) 건설로 20만 호를, 수도권 주변에 소규모 택지개발을 통해 10만 호를 공급하겠다는 것이다. 1·2기 신도시의 중간 위치인 25㎞ 내외의 과천, 고양, 광명, 안양, 하남 등 4~5개의 3기 신도시를 2019년부터 추진해 2021년까지 공급할 전망이다.

그러나 3기 신도시는 벌써 정책의 실효성에 대해 우려가 많다. 왜냐하면 해당 지자체 단체장의 반대는 물론이고, 주민들이 '3기 신도시 계획 백지화하라'며 청와대 청원이 봇물을 이루고 있기 때문이다. 첫 삽도 뜨기 전에 부작용 우려가 커지는 3기 신도시 정책이 그 실효성을 가지려면 그린벨트 해제, 인프라 부족, 자족시설 부족 등의 3가지 측면을 신중히 고려해야 한다.

그럼에도 정부는 3기 신도시를 발표했다. 정부가 불가피하게 3기 신도시를 추진하려면 국토와 도시를 새롭게 바라보아야 한다. 우리나라는 이미 세계적인 신도시 경험이 풍부한 국가다. 쿠웨이트 압둘라에 신도시를 수출하는 신도시 경험을 토대로 이제는 3기 신도시의 규모와 내용, 추진방식을 획기적으로 전환해 대한민국 도시의 미래 비전을 담아야 한다.

첫째, 규모를 최소화해야 한다. 주택공급 정책은 공급이 필요한 지역에 적정하게 공급하는 것이 중요하다. 따라서 주택 공급량 목표를 3기 신도시에서 모두 소진할 필요가 없다. 3기 신도시를 원래 계획했던 것보다 3~4곳으로 줄이고, 주택 공급량도 더 최소화해 수도권 인구집중을 예방하고 지방도시 소멸을 방지하는 것이 바람직하다.

둘째, 내용이 혁신적이어야 한다. 기존 1·2기 신도시가 자족기능이 없어 베드타운으로 전락한 경험을 반면교사 삼아 자족시설을 충분히 조성해야 한다. 현재 15% 안팎의 자족시설 공급기준을 판교나 마곡처럼 30% 혹은 50% 이상 획기적으로 공급해야 한다. 다양한 벤처창업공간,

창업지원센터, 첨단산업시설을 조성해 자족기능을 높이고, 새로운 일자리를 함께 마련해야 한다. 또한 미래도시로서 제4차 산업혁명의 플랫폼인 ICT 기반 스마트시티Smart City로서 혁신적이어야 한다.

셋째, 추진방식에서 인프라 공급을 선행해야 한다. 기존 2기 신도시가 주택을 먼저 공급하고 교통, 학교, 상가 등 인프라 건설을 차일피일미루는 바람에 삶의 질이 원래 기대했던 것보다 떨어진다는 평가를 받는다. 따라서 수도권 GTX, 광역교통체계로서 BRT, 트램 등의 첨단교통인프라와 학교, 상가, 도서관 등의 생활 인프라 시설을 먼저 건설하거나동시에 추진하는 방식으로 진행되어야 한다.

결론적으로 3기 신도시 정책은 선택의 여지가 없다. 주택공급 정책으로는 난개발을 조장하는 소규모 택지개발 방식보다는 적정규모의 신도시 건설 방식이 더 적정하다. 다만 신도시 규모와 내용, 그 추진방식을 획기적으로 전환한다면 혁신적인 정책으로 바뀔 수도 있다. 이를 통해 국토와 도시를 새롭게 바라보는 계기가 될 수 있다.

#2

지속가능한 도시를
위한 인프라

1. 최소한의 주거권 보장

2. 친환경 교통수단, 트램과 BRT

3. 미래 도시의 새로운 여가공간

4. 개발제한구역에 대한 새로운 접근

5. 사회적 약자의 도시권 보상

01

최소한의
주거권 보장

적절한 주거는 인간으로서의 존엄을 누릴 수 있는 최소한의 조건이다. 우리가 인간다운 생활을 할 수 있는 적절한 주거를 위해서는 주거권을 확보해야 한다. 주거권住居權이란 인간으로서 존엄과 가치를 유지하는 데 필요한 최소한의 주거 수준을 누릴 수 있는 권리이다. 우리나라 헌법은 "국가는 주택개발정책 등을 통하여 모든 국민이 쾌적한 주거생활을 할 수 있도록 노력해야 한다."고 주거권을 명시해 놓았고, 주택법에는 국가 및 지방자치단체는 국민이 쾌적하고 살기 좋은 주거생활을 할 수 있도록 그 의무를 규정해 놓고 있다. 따라서 주거권은 단순히 주택을 공급받거나 주택을 보유할 수 있는 권리를 뛰어넘어 인간다움을 위한 최소한

이재준의 뚜벅뚜벅

의 주거 서비스 차원이다.

**여전히 주거권
확보하지 못한 계층**　　주거권은 이미 유엔 해비타트UN Habitat
　　　　　　　　　　　　 를 비롯한 세계인권선언에서 선언한 바
있다. 국제기구와 인권단체 및 학계에서는 주택 및 주거생활에 연관된
권리에 관한 논의를 오랫동안 지속해 왔다. 많은 선진국에서도 주거권
에 대한 다양한 조치들이 취해졌고, 이를 보장하기 위한 노력이 최근 결
실을 보고 있다. 그러나 우리나라는 그동안 시장논리에 따라 주택을 양
적으로 공급하는 데 치중하여, 최소한의 주거 수준에 못 미치는 곳에 거
주하는 이들이 있을 정도로 국민 전체에게 적절한 주거권을 확보해 주
는 데 미흡했던 것이 사실이다.

　이미 주택보급률 115%(2015년) 시대지만 우리 사회는 여전히 강제철
거와 퇴거, 최저주거 수준 미달 가구, 홈리스, 주거 양극화를 포함한 다
양한 주거권 문제가 존재한다. 한때 도시개발 과정에서 심각했던 강제
철거(퇴거) 문제는 현저히 줄었지만, 용산참사(2009년)와 같은 사회적 문
제는 여전히 존재한다. 또한 2014년 서울 송파구 석촌동의 단독주택 지
하 1층에 살던 세 모녀가 생활고로 자살한 안타까운 사건들도 여전히
일어나고 있다.

　아울러 고도경제성장 과정에서 소외되었던 다문화, 저소득 계층, 노
숙자, 비공식적 노동자 등 사회적으로 취약한 계층의 주거권은 여전히

차별받고 있다고 볼 수 있다. 특히 88만 원 청년세대의 주거권 확보를 위한 민달팽이유니온 활동에서부터 고령화 시대 노인 주거권에 이르기까지 생애주기적인 주거권 문제는 현재는 물론 미래의 문제이기도 하다.

최소한의 주거권 보장받을 방법

포용적인 도시의 권리 차원에서 인간다운 생활을 할 수 있는 주거권을 보장받을 방법을 찾아볼 필요가 있다.

첫째, 최소한의 주거권을 확보하기 위해서는 주택정책의 패러다임을 바꾸어야 한다. 지금까지의 양적인 공급 위주의 주택정책에서 질적인 주거서비스 정책으로 패러다임을 바꾸어야 한다. 거주자 중심의 주거서비스 정책으로 전환하여 주거서비스 수준과 적용할 대상과 내용을 찾아야 한다. 예를 들면 점차 늘이는 1인 가구에 적용할 주거서비스에서, 인구절벽 저출산·고령화 시대에 걸맞은 주거서비스 수준과 적용할 대상과 내용을 찾아야 한다. 또한 생활공유에서 자원공유, 재능공유 등의 다양한 공유경제 가치를 제공하는 주거서비스를 찾을 수도 있다. 이처럼 거주자 중심의 주거서비스 정책으로 전환하기 위해서는 '주거권 실현을 위한 특별법'과 같은 제도가 뒷받침되어야 한다. 주택을 다른 재화와 같이 단순히 상품이 아니라 공공재로서 주거권 실현을 위한 별도의

이재준의 뚜벅뚜벅

법률이 필요한 것이다.

둘째, 공공임대주택 공급을 더욱 확대해야 한다. 그동안 역대 정부는 경쟁적으로 임대주택 공급정책을 추진해 왔다. 그러나 전체 주택 대비 사회적 취약계층을 위한 공공임대주택 비중은 여전히 낮은 실정이다. 따라서 택지개발을 통한 건설은 물론 기존 주택의 매입과 임차를 통해 공공임대주택 공급을 더욱 확대해야 한다. 또한 저소득 임차인의 주거 안정을 위한 주택바우처 제도를 활성화하는 것이 필요하다. 아울러 저소득 계층의 주택 수선을 전담하는 집수리센터 등을 마을 단위로 활성화하여 생활 주변에서 누구나 최소한의 주거서비스를 보장받을 수 있도록 해야 한다.

셋째, 남북경제협력 시대에 북한 주민들의 최소한의 주거권을 적극적으로 고민할 필요가 있다. 최근 북한 주택 관련 토론회에서 북한의 주택문제 해결에 드는 총비용은 약 7조 원 정도로 추정되었다. 따라서 남북경제협력을 앞두고 기본권 관점에서 기존 주택재건축 및 리모델링 사업, 상하수도, 전력 등 생활인프라 사업, 남북에 상호 이익이 되는 공공주택사업 등 다양한 정책적 참여방안을 모색할 필요가 있다.

02

친환경 교통수단, 트램과 BRT

최근 도시는 '자동차 중심인가, 사람 중심인가'가 쟁점이다. 그간 도시는 보행에서 마차의 시대로, 다시 자동차의 시대로 발전해 왔다. 편리함과 신속함 때문이었다. 그러나 자동차 중심은 오히려 혼잡과 환경오염과 같은 많은 도시문제를 유발하고 있다. 2015년 한 해 교통혼잡 비용은 33조 4,000억 원으로 GDP의 2.16%에 달했다. 더 큰 문제는 CO, Nox, SOx 등 자동차에서 발생하는 대기오염과 최근 우리 삶을 극심하게 위협하는 미세먼지다.

또한 전국 약 2,000만 자동차 시대의 교통체계는 보행자의 환경권을 더욱 악화시키고, 대규모 신도시 개발을 유도해 기존의 구도심이 더 쇠퇴하고 낙후되게 하는 주요한 원인이다. 자동차 증가가 오히려 더 교통 혼잡을 발생시키고 경제성장의 걸림돌이 되고 있다.

자동차 중심에서 사람 중심으로 바뀌는 도시경영 철학

이러한 측면에서 친환경적인 대중교통에 주목하고 있다. 자동차 중심에서 사람 중심으로 도시경영 철학이 바뀌는 것이다. 사람 중심의 새로운 친환경 대중교통으로 트램과 BRT가 가장 주목받고 있다. 왜냐하면 기존에 가장 효율적이었던 지하철이 너무나 많은 비용이 드는 반면에 트램과 BRT는 지하철의 1/6 정도 비용이 드는 데다 공사 기간도 짧고 친환경적이기 때문이다.

트램 | 도로에 설치된 레일을 따라 주행하는 도시철도의 한 종류이다. 현재 법적으로는 노면전차로 분류되는 트램은 1899년 우리나라에 처음 도입되었지만 자동차의 수송능력에 밀려 1968년에 완전히 사라졌다. 그러나 현재 전세계적으로 트램은 약 404개 도시(독일 프라이부르크, 일본 토야마, 프랑스 스트라스부르, 스페인 빌바오 등)에서 운영 중이다. 아직 우리나라에는 현대적인 트램이 도입되지 않았으나, 수원을 비롯한 최소 16개 이상의 지자체들이 트램 도입을 검토 중이다.

BRT | 버스 서비스를 도시철도 수준으로 대폭 향상시킨 BRTBus

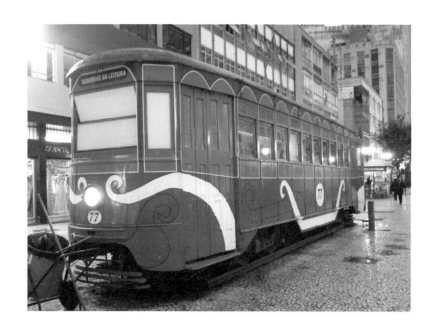

Rapid Transit는 별도의 주행차로가 있는 간선급행버스체계를 말한다. 현재 세계 45개 도시(브라질 쿠리치바, 콜롬비아 보고타, 미국 보스턴, 일본 나고야 등)에서 BRT가 운영 중이다. 국내에서는 가장 먼저 서울시의 버스중앙차로시스템이 초급 BRT로 도입되었고, 현재 많은 도시에서 BRT 도입을 검토 중이다.

새로운 친환경 대중교통수단인 트램과 BRT는 최근 단순히 교통수단에서 머물지 않고 도시재생과 같은 광범위한 도시발전의 수단이 되고 있다. 다양한 장점이 있기 때문이다. 트램과 BRT는 다양한 대중교통수단 중에서 가장 에너지 효율성이 높고 소음이 낮으며 대기오염이 낮아 친환경적이다. 또한 통상 200명을 수송하는 데 필요한 승용차 대수는 175대, 버스는 4대가 필요하지만, BRT는 2~3편성이 필요하고 트램은 1편성 정도면 가능하다.

따라서 트램과 BRT는 자동차와 버스보나 도시 공간 효율성이 높은 대중교통수단이다. 또한 트램과 BRT는 교통약자(어린이, 노인, 휠체어 이용자 등)뿐만 아니라 일반인이 이용하기에도 매우 편리하기 때문에 이용자의 편의성과 만족도가 매우 높다. 이 같은 다양한 장점 때문에 트램과 BRT는 광범위한 도시발전의 수단 중 하나로 떠오른다.

이재준의 뚜벅뚜벅

**충분한 소통이 트램과
BRT 도입 성공의 관건**

2018년 2월 트램과 관련한 「도로교통법」 개정안이 국회 본회의를 통과했다. 그동안 「도로교통법」상 트램은 도로의 운행 교통수단에서 빠져 있었다. 이번 「도로교통법」 개정안에는 노면전차와 노면전차 전용로의 정의를 명시하고, 통행방법과 운전자의 준수사항 등을 담은 개정 내용으로 통과되었다. 또한 2017년 「도시철도법」은 트램 전용차로와 혼용차로의 설치에 대한 근거를 제공하고, 「철도안전법」은 철도보호지구를 10m 이내로 축소하거나 예외로 하는 등 트램 관련 규제가 완화되었다. 이로써 「도로교통법」·「도시철도법」·「철도안전법」을 포함한 트램 운행에 필요한 3개 법안이 마련되어 본격적인 사업추진 동력을 확보했다.

새로운 친환경 대중교통수단으로 트램과 BRT는 우리나라 지방자치단체별로 본격적인 도입이 예상된다. 그러나 트램과 BRT는 아직 넘어야 할 산이 남아 있다. 도로 차선 하나를 별도로 차지해야 하는 트램과 BRT는 때론 교통혼잡을 유발할 수 있고, 좌회전 노선이 줄어 지역경제를 침체시킬 수 있다는 이유로 주민들이 반대하는 곳이 많기 때문이다.

트램과 BRT 도입의 성공은 이제 주민들과의 충분한 소통에 달려 있다. 지역상권을 살리면서 교통혼잡을 줄일 수 있는 최선의 방법을 주민들과 소통하면서 찾아야 한다. 소통의 열쇠는 '자동차 중심인가, 사람 중심인가'라는 도시경영의 철학을 어떻게 공유하느냐에 달려 있다.

미래도시의
새로운 여가공간

도시는 인간의 다양한 활동을 담는 삶의 터전이다. 주거와 생산, 정치를 비롯하여 위락, 문화, 예술 등의 다양한 여가활동을 담고 있다. 이중 여가활동과 가장 밀접한 도시공간은 도시 내 공원, 녹지, 광장, 운동장, 하천, 저수지, 유수지, 그린벨트 등의 옥외 여가공간이다. 이 같은 도시 내 여가공간은 소득증대와 주5일 근무제 도입 등 최근 우리 사회의 사회ㆍ경제적인 여건변화에 따른 여가행태를 수용하여 변화되고 있다.

미래의 여가행태 3가지

미래의 여가 수요는 간편하고 복합화된 형태로서, 되도록 자연친화적이고 건강

이재준의 뚜벅뚜벅

을 추구하며, 직접 참여할 수 있는 체험활동 여가로 점차 변화될 것으로
전망된다. 즉 미래의 여가행태는 복합 여가, 녹색 여가, 참여 여가 등으
로 그 변화를 예측할 수 있다.

복합 여가 | 현대인의 바쁜 일상에 따라 쇼핑이나 오락 등 다양한 여가
활동을 간편하고 한꺼번에 즐기는 미래 여가행태다. 대개 복합 여가는
쇼핑뿐 아니라 오락 등 다양한 여가활동을 즐길 수 있는 대형 복합쇼핑

몰에서 이뤄진다. 소비자들은 이제 이곳저곳 옮겨 다니지 않고 한 곳에서 쇼핑도 하고 외식도 하고 영화도 볼 수 있는 복합여가공간을 원한다.

녹색 여가 | 건강과 환경을 중시하는 가치관을 반영한 새로운 여가행태다. 녹색 여가는 육체적·정신적 건강에 조화를 이루어 행복하고 아름다운 삶을 추구하는 웰빙 개념과 부합한다. 그래서 녹색 여가는 트레킹, 등산, 인라인스케이트, 자전거, 골프, 스키 등 자연 속 여가로 발전되고 있다.

참여 여가 | 학습, 체험 등 직접 참여할 수 있는 능동적인 여가행태다. 그동안 간접경험에 의존했던 여가활동에서 래프팅, 암벽타기, 산악자전거, 트레킹, 생태관광, 농촌체험과 같은 각종 체험형 여가는 물론 여가활동과 공간을 직접 기획, 계획, 조성하는 여가이다.

**미래의 여가공간
3가지** | 이 같은 새로운 여가행태에 대응하는 미래의 여가공간으로 복합문화공간, 녹색문화회랑, 도시텃밭농원 등을 제안할 수 있다.

복합문화공간 | 동일 부지 또는 동일 건물 내에 다양한 시설을 설치하여 필요한 여가 수요를 제공하는 것으로서 복합문화쇼핑몰로 부르기도

이재준의 뚜벅뚜벅

한다. 복합여가공간 개발은 다양한 여가시설과 프로그램을 통해 도시민의 여가 및 문화수요를 충족시킬 뿐만 아니라, 지역의 경쟁력과 이용 편리성, 시설의 상호보완 효과, 자원절약 등의 이점이 있다. 또한 문화여가시설 복합화는 운영 효율성 증진, 중복투자 방지, 새로운 시설투자 최소화, 프로그램 다양화, 공간 활용도 극대화를 통해 건축비를 절감하는 등 다양한 효과를 얻을 수 있다.

녹색문화회랑 | 최근 웰빙과 건강에 대한 관심이 증대하면서 걸으면서 체험하는 새로운 여행활동으로 부각되는 새로운 여가공간이다. 걸으면서 다양한 형태의 자연과 역사문화를 즐기는 전국 단위 시설과 공간으로서 녹색회랑 탐방로를 말한다.

대표적인 곳은 스페인의 산티아고 순례길, 영국의 내셔널 트레일, 프랑스 랑도네, 일본의 장거리 자연보도, 쿠바의 혁명길[49] 등이다. 스페인의 산티아고 순례길은 종교적으로 의미 있는 길을 잘 활용하여 건강과 사색의 공간으로 활용하는 사례이다. 이 같은 외국의 녹색회랑 탐방로는 발굴과 조성 과정에 정부와 시민단체(NGO) 모두가 적극적으로 참여하고 있다.

녹색문화회랑은 국토에서 마을에 이르기까지 자원유형별로 역사회랑, 문화회랑, 생태회랑, 건강회랑 등의 다양한 주제가 있는 가로공간(불특정 다수가 사용하는 공적인 공간) 혹은 그린웨이를 조성하는 것이다. 이러한 녹색문화회랑 구축은 최근 도시민의 일상생활에서 다양한 활용성이 모색되는 도시의 가로공간과 농촌의 골목길을 여가활동공간으로 특성화할 수 있는 좋은 방안이라 할 수 있다.

시민텃밭농원 | 시민들이 쉽게 접근할 수 있도록 생활주변 유휴지를 활용하여 농작물을 기를 수 있는 여가공간이다. 시민텃밭농원은 주민 커뮤니티의 강화와 정서함양, 투수透水가 되는 포장으로 인한 미기후微氣候 관리, 생활쓰레기 재활용을 통한 자원순환의 기능 등 다양한 기능을 갖고 있다. 특히 시민텃밭농원은 주변 생활공간 내 공동경작 및 분배활동을 통해 주민 간 커뮤니티를 강화할 수 있으며, 채소뿐 아니라 유실수 식재, 약초원이나 자연학습원 등을 설치하면 다양한 계층이 활용할 수 있다. 또한 자투리땅을 활용하므로 도시 내 녹색공간을 넓히는 데 기여할 수 있다. 이 같은 시민텃밭농원은 최근 안전한 먹을거리, 녹색체험, 장년층의 과거 향수 등과 맞물려 새로운 여가활동으로서의 가능성이 부각되고 있다.

미래의 여가 수요는 점차 이같이 바뀔 전망이다. 이러한 변화 추세에 발맞춰 미래의 여가공간을 새롭게 창출하여 삶의 질과 지방 경쟁력을 동시에 강화하는 지혜를 발휘해야 할 것이다.

이재준의 뚜벅뚜벅

04

개발제한구역에
대한 새로운 접근

우리나라의 개발제한구역은 자연

환경 보전, 도시의 확산방지, 그리

고 안보 목적으로 정책화되었다. 개발제한구역은 공익을 목적으로 국

가가 직접 통제하지만, 현장에서의 취락지구나 개별적인 토지관리는

지방자치단체가 위임받아 하고 있다.[50] 그러나 새로운 정부가 구성되

고 정책이 바뀔 때마다 정책변화와 해제를 기대하는 심리를 부추기고

있어, 현장관리자인 지자체 입장에서 보면 개발제한구역은 매우 어려

운 행정이다.

**새로운 개발제한구역
정책방안 3가지**

개발제한구역이 다시 요동치고 있다. 부
동산 문제를 해결하기 위해 개발제한구
역을 대상으로 새로운 주택공급을 주장하는가 하면 규제 완화 측면에서
지방정부의 조정관리론을 주장하고 있다. 사실 그동안 지방자치단체는
급조된 법령에 따라 해당 도시의 특성을 충분히 고려하지 못한 채 주어
진 형식적 기준에 맞춰 획일적으로 관리해 왔다고 해도 과언이 아니다.
이에 새로운 개발제한구역 정책방안을 제안한다.

이재준의 뚜벅뚜벅

첫째, 현재 국토해양부가 추진하는 개발제한구역 환경평가 재조정 과정에 지방자치단체가 참여할 수 있어야 한다. 국토교통부가 추진 중인 환경평가 재조정은 정밀한 현지실사보다는 관련 문서와 데이터의 GIS기법에 의존해 진행될 예정이다. 따라서 지자체의 중요한 환경여건 변화 및 지역 특성을 정확히 반영하지 못할 것으로 판단된다.

특히 지자체가 합법적으로 추진할 수 있는 개발제한구역 지역현안사업(첨단 R&D단지 등)의 경우, 불합리하게 평가된 환경등급으로 인해 재검증을 위한 불필요한 예산과 별도의 복잡한 절차 탓에 사업이 늦춰지거나 좌절되는 경우도 많다. 이러한 문제를 해결하기 위해서는 국토교통부와 조사연구기관이 지자체와 함께하는 협의체를 구성하여 공동으로 정밀하게 현장실사를 해서 환경변화와 지역 특성을 정확히 반영할 수 있도록 해야 한다.

둘째, 개발제한구역을 효율적으로 관리하기 위해 새로운 재정 확보를 위한 지역균형발전기금을 제도화할 필요가 있다. 개발제한구역 관리는 많은 재정이 들어간다. 그러나 한정된 공공재정 여건상 별도의 재원 마련은 쉽지 않으므로 새로운 재정을 발굴할 필요가 있다. 현재 국토교통부가 계획하는 환경평가 재조정 정책이 추진된다면 전체 개발제한구역 면적 약 3,868㎢ 중 전국적으로는 약 100㎢ 이상, 수도권은 약 50㎢ 이상이 해제 조정될 여지가 있다.

이같이 해제 조정된 토지에 개발사업(첨단 R&D단지, 택지개발 등)을 추진할 경우, 「개발이익 환수에 관한 법률」에서 개발이익 환수와 같이 제도적으로 지역균형발전기금을 조성할 수 있다. 이를 추정하면 전국적으로 2조 원 이상, 수도권은 최소 1조 원 이상의 지역균형발전기금을 확보할 수 있다. 이렇게 마련된 기금은 개발제한구역 지원사업이나 토지매입은 물론, 수도권·비수도권의 상생을 위한 재정으로 활용할 수 있을 것이다.

셋째, 정부 정책이 원활하게 추진되려면 행정적 절차를 단축할 수 있도록 개발제한구역 행정권한 사무를 대도시 지자체에 위임할 필요가 있다. 현재 개발제한구역 해제 및 관리계획 변경권한은 중앙에 있고, 도시기본계획 수립권은 대도시 지자체에 있다. 이러한 복잡한 절차 탓에 신속성이 낮은 게 사실이다.

따라서 개발제한구역 관리계획변경 승인권을 대도시 지차체에 위임할 필요가 있다. 특히 환경평가 결과 3~5등급으로 판정된 지역 현안사업이 광역도시계획이나 중앙 협의 후 지자체 도시기본계획에 반영된 경우에는 지자체가 도시관리계획으로 구역을 해제할 수 있도록 개선해야 한다.

이제 개발제한구역을 '개발의 제한'이라는 소극적 시각으로 바라봐서

는 안 된다. '환경을 지키고 보전하는 생태환경벨트'라는 적극적인 입장
에서 철저하게 보전하되, 활용할 수 있는 용지는 새롭게 관리 운영할 필
요가 있다.

05

사회적 약자의 도시권 보장

          콜롬비아 메데인 시는 도시정책의 풍부한 경험과 역사, 그리고 성공적인 사례들을 갖고 있다. 특히 경사지에 거주하고 있는 슬럼가 주민들의 이동권을 보장하기 위해 설치한 도심 케이블카와 에스컬레이터는 도시의 명물로 자리 잡았다. 메데인 시는 메데인 강이 남북방향으로 흐르는 분지에 자리하는데, 녹지대가 형성되어 있는 강변에는 부유층이 살고, 동서방향의 경사지 부근에는 저소득층이 살고 있다. 이 가운데 대표적인 저소득층 거주지는 산토도밍고다.

이재준의 뚜벅뚜벅

**사회적 약자 위한
도심케이블카**

메데인 강을 가로질러 시내 지상철과 산동네 빈민촌인 산토도밍고는 도시교통 수단으로 케이블카가 유명하다. 경사지에 거주하는 15만 명의 저소득층을 위해 케이블카를 설치했다. 도시교통 수단으로 획기적으로 설치한 케이블카는 2004년에 개통한 이래 한 번에 6~8명의 주민을 태우고 쉴 새 없이 운행되고 있다. 관광지도 아닌 슬럼가인 산동네 정상까지 5㎞

Ⅱ 도시를 도시의 주인에게

구간을 잇는 케이블카가 연결된 것은 사회적 약자의 도시권을 보장하는 포용도시 정책 중 선진적인 사례이다.

지상철 요금 1,100페소(약 500원)만 내면 도심케이블카는 추가 요금 부담 없이 이용할 수 있다. 예전에는 경사지에서 지상철 타는 곳까지 내려가려면 1시간이 걸렸는데, 이제는 10분이면 내려올 수 있어 주민들은 시내를 오가기가 훨씬 수월해졌다. 이 도심케이블카는 산동네 주민 15만 명의 삶에 혁명을 가져왔다. 케이블카가 오가는 아래 구간은 도로가 재정비되었으며, 케이블카 출발공간에는 대규모 공원 등이 조성되었다. 또한 케이블카의 중간 기착지에는 빈곤층을 위한 학교와 도서관 등 커뮤니티 공간을 설치해 사회적 일자리 창출과 미래 세대들을 위한 투자가 이뤄지고 있다.

달동네 주민 위한 옥외 에스컬레이터 | 메데인 시 13구에 있는 세계 최초의 옥외 에스컬레이터도 마찬가지다. 옥외 에스컬레이터가 설치된 이유는 간단하다. 판자촌이 언덕 위에 다닥다닥 붙어 있는 가난한 달동네 주민 1만 2,000여 명의 이동을 돕기 위해 만든 것으로, 비가 와도 불편함이 없을 정도다. 에스컬레이터를 설치하기 전에는 35분가량 걸리던 이동시간이 단 6분으로 단축되었다. 무려 건물 28층 높이인 384m에 달하는 옥외 에스컬레이터는 총 6개로 나뉘어 어느 곳에서나 주민들이 쉽게 접근할 수 있다. 에스컬레이터 주변에는 쌈

이재준의 뚜벅뚜벅

지공원을 비롯해 놀이터, 형형색색의 벽화 등을 꾸미며 아이들의 웃음소리가 끊이지 않는다.

　도심케이블카와 옥외 에스컬레이터를 도입하면서 시작된 콜롬비아 메데인 시의 도시혁신 역발상이 신선하다. 한마디로 사람을 중심에 둔 사회통합의 마중물 역할을 톡톡히 해내고 있다는 점이 가슴에 와 닿았다. 슬럼가를 재개발하고 세련된 도시로 바꾸는 대신 지역에 거주하는 주민을 쫓아내지 않고, 지역의 특징과 문화를 그대로 살리면서 케이블카와 에스컬레이터를 설치해 주민 친화적 인프라를 구축했다. 그 결과 인구 유입이 증가했으며, 사회통합과 함께 지역의 경제적 가치도 자연스럽게 상승했다. 범죄율이 낮아진 것은 물론 소외되었던 가난한 주민들에게 '할 수 있다'는 자신감을 불어넣은 동시에 지역에 대한 자부심까지 갖게 해주었다.

"도시 공간구조 백년대계…
시민과 함께 밑그림"

- 경기일보 인터뷰 -

대학 강단에 섰던 이재준 수원시 제2부시장은 전국 지자체 중에서 최초의 제2부시장이라는 수식어를 갖고 있다. 지난 2010년 10월 지방행정체제 특별법이 제정되면서 인구 100만명 이상 기초자치단체는 2급 부시장을 한명 더 둘 수 있게 됐기 때문이다.

이후 지난 2011년 2월 취임한 이부시장은 도시정책실, 안전교통국, 환경국, 전략사업국을 진두지휘하며 지금까지 수원시 공간구조 개편과 각종 개발 사업을 총괄해오고 있다. 정무부시장 역할도 수행하고 있다.

협성대 도시공학과 교수였던 이 부시장은 전문가로서의 해박한 지식을 바탕으로 수원시정의 한 축을 맡아 광교신도시 조성, 군 공항 이전, 서수원 개발 등 굵직굵직한 현안 사업의 돌파구를 마련해 왔다는 평가를 받고 있다. 그러나 아직도 수원시의 공간 구조 개편은 현재진행형이다. 정조대왕의 화성 축성으로 우리나라 역사상 최초의 도시계획이 이뤄진 수원이지만 늘어나는 인구와 다양한 행정수요 등에다 수원의 동-서간 불균형을 조정하기 위한 수

이재준의 뚜벅뚜벅

원시의 도시정책은 장기적 과제이기 때문이다.

그래서인지 이 부시장의 활동은 단순히 공무원들을 지휘 · 감독하는데 그치지 않고 있다. 이 부시장의 집무실이 각종 자료와 책들이 어른 키 높이만큼 높게 쌓인 이유이기도 했다.

끝없는 고민을 통해 수백년 앞을 내다보는 수원시 도시정책을 마련하는 데에도 집중하고 있다. 인터뷰 동안 이 부시장에게서 강한 소신이 느껴졌다.

Q 학자에서 공직자로 신분이 바뀐 지 횟수로 5년째로 제2부시장으로 수원시 밑그림을 그려왔다. 학자일 때와 공직자로서 수원시를 바라봤던 시각이 다를 것 같다.

A 한국토지주택공사 연구원으로 7년, 대학교수로 10년간 이론을 연구하고 이를 주장해왔다. 또 시민사회와 함께 호흡을 맞추며 15년 넘게 활동하며 이론을 현실에 접목시키고자 노력했다. 그리고 행정가로 5년 가까이 재직하면서 그동안 배우고 연구한 학문과 경험을 실제 행정에서 실천하려고 노력했다. 개인적으로 책에 활자화되고 학자의 머릿속에 있던 생각들을 실제 사회 속에 구현할 수 있었던 굉장히 좋은 기회였다고 생각한다.

행정을 이끌어가면서 느낀 점이 많다. 강단에서 했던 여러 가지 이야기를 막상 실천하려니 쉽지 않았다. 사람과 행정, 예산 등에 이해가 필요한 부분이 많았고, 무언가를 실체화한다는 것은 '굉장히 어렵구나' 라는 교훈을 얻었다. 또 세상을 바꾸는 것은 혼자가 아니라 모두가 함께하는 일이라는 것도 깨달았다. 공직자, 시민사회, 일반시민이 지혜를 모아 같이 끌고 가는 것이 진정한 행정이고 정치이며 혁신이다.

Q 민선 5기에서 6기로 넘어오면서 수원시의 숙원사업이었던 군 공항 이전이 확정됐다. 군 공항 이전이 수원지역사회에서 갖는 의미는.

A 수원은 정조대왕의 신념을 바탕으로 조성된 계획도시이다. 군 공항 이전을 통해 또 한 번 발전한 형태의 계획도시로 성장하는 기회가 될 것이다. 수원의 100년 미래는 서수원에서 시작되리라고 본다. 인구 130만 대도시로서의 발전가능성을 확장시키는 일종의 도약이 될 것이다.

Q 군 공항 이전에 따른 청사진을 마련 중인 것으로 알고 있다. 하지만 아직도 군 공항 이전 후 개발에 대해서 회의적인 시각이 있다. 시가 추진하는 마스터플랜의 실현가능성 때문이다. 그래서 현실가능성 있는 대안 마련이 필요하다는 지적들이 나오고 있다.

A 수원 기지 종전부지는 661만1천㎡ 규모로 환경 친화적 문화가 기반이 되는 스마트 폴리스로 조성할 계획이다. 사통팔달 수원의 지리적 이점을 고려해 볼 때 첨단사업, 생태주거단지, 문화시설이 어우러진 동북아 경제권의 중심으로 발전할 수 있는 충분한 가능성이 있다.

수원 군 공항 이전은 6조9천억원 이상 대규모 사업비가 소요되며, 시 재정 여건 및 사업의 실행력 강화 등을 고려해 민간자본을 유치해 추진할 예정이다. 이를 위해 공공기관과 일반기업체 등을 대상으로 사업설명회 개최 등을 통해 안정적 추진이 가능한 민간 사업자를 내년 상반기 중 선정할 계획이다.

이런 역사적 과업을 완수하려면 무엇보다 수원시민의 성숙한 의식과 건전한 정치적 역량의 결집이 필요하다. 안정적인 재원조달과 세밀한 계획을 통해 시민의 염원인 군 공항 이전을 실현시키겠다.

Q 수원시는 1번 국도를 중심으로 동서축으로 나눠 서수원은 항상 개발 정책에서 소외돼 있었다. 서수원 발전을 위한 구상이 있다면.

A 먼저 서수원 3천305만여㎡ 공간을 첨단산업기반 · 문화 · 환경이 갖춰

이재준의 뚜벅뚜벅

진 구조로 재편하여 수원시의 새로운 성장 동력 기반 마련할 계획이다. 또 수원 군 공항 종전부지는 IT · NT · ET · BT 산업과 연계한 첨단과학연구단지로 조성되고 대규모 문화공원 · 박물관 등이 갖춰진 고품격 생활 문화 공간으로 탈바꿈할 것이다.

여기에 서수원 생활권에 집중된 공공기관 종전부지를 농업테마공원 · 친환경주거단지 · 첨단산업단지로 개발하여 서수원권에 부족한 인프라시설 구축하고자 한다. 입북동 R&D 사이언스파크 조성을 통해선 서수원에 미래 성장동력산업을 집중 배치해 수원 스마트폴리스와 연계, 서수원 남북 발전 축을 형성할 계획이다. 이로써 첨단기술, 환경, 문화 등의 테마가 공존하는 미래지향적 도시발전으로 동 · 서지역 균형발전 도모 및 수원 100년 성장 발판을 마련할 수 있을 것으로 본다.

Q 평소 거버넌스를 행정에 도입, 다양한 구성원간 네트워크를 통한 갈등 해결, 정책 수립, 협력 관계 조성 등을 강조하고 있는데. 수원시의 거버넌스가 갖춰야 할 가치가 있다면. 그리고 이 같은 거버넌스를 현장 행정에 어떻게 도입하고 있는지.

A 수원시 행정의 중심가치는 거버넌스다. 정책 수립과 갈등, 조정과 협력의 선순환 행정을 펼치려면 시민의 참여와 소통을 바탕으로 한 거버넌스 행정이 필요하다.

수원시에서 거버넌스를 행정에 도입한 사례는 크게 5가지가 있다. 정책을 제안하는 좋은 시정위원회, 주민들이 예산을 직접 결정하는 주민참여 예산제, 시민들이 직접 도시를 계획하는 도시계획시민계획단을 마련했다. 또 시민들이 직접 집행하는 마을 만들기사업을 추진중이며 시민 배심원제를 운영해 갈등을 조정하고 있다. 특히 도시계획시민계획단의 성과에 주목할 만하다.

2030 도시기본계획, 롯데쇼핑몰 개점, 수원컨벤션센터 건립 등 시민들이 직접 수원의 도시정책을 이끌었다. 수원역 성매매 집결지와 노면 전차 도입

에 관해서 오는 10월 다시 한번 시민계획단 회의를 개최할 예정이다. 그동안의 경험에서 비롯된 더 성숙한 의견들이 많이 도출될 것으로 기대된다.

도시계획시민계획단은 도시정책시민계획단으로 명칭이 바뀌면서 활동영역도 확장된다. 여러 도시정책에 대한 시민의견 수렴은 물론 숙의적 결정으로서의 역할을 감당하게 된다. 시민계획단은 서울시 등 국내 40여개 도시에서 벤치마킹하고 있다. 관 주도의 획일적인 방식에서 벗어나 시민이 함께 참여하는 방식으로, 우리가 살고 있는 도시를 계획하고 운영하는 거시적 패러다임이 바뀐 것이다.

Q 수원시 제2부시장으로 재임하면서 가장 기억에 남는 사업이 있다면. 그 이유는.

A 그동안의 성과를 국내외에서 인정받은 것이다. 환경부, 국토부, 행자부 등 중앙부처에서 200여개 이상의 상을 받았는가 하면 UN해비타트 도시대상과 국제 ITDP 지속가능 교통 특별상 등 해외에서도 그 성과를 인정받았다.

또 시민계획단 등 거버넌스 정책을 인정받은 결과, 초등학교 4학년 국정 사회 교과서에 수원시 사례가 등재되기도 하였다. 부시장이기 이전에 수원시민으로 자랑스럽게 생각한다. 아울러 중국, 태국, 베트남, 칠레, 브라질 등 많은 국제 도시로부터 초청을 받아 거버넌스 행정 실천사례를 발표하기도 했다.

이 같은 성과는 염태영 시장뿐 아니라 공직자와 시민들이 새로운 변화에 관한 신념을 갖고 함께 노력했기 때문에 가능했던 결과이다. 개인적으로는 학자 시절부터 꾸준히 주장하고 믿어왔던 시민이 함께하는 거버넌스 행정의 가능성과 전망에 대한 격려와 응원이라는 생각도 든다.

Q 도시계획 및 공간구조 전문가로서 앞으로 수원시가 나아가야 할 방향을 제시한다면.

A 수원은 200년 전 수원화성 축성 이후 최대 규모 사업인 군 공항 이전 사업의 확정, 수원컨벤션센터 건립, R&D사이언스 파크 조성, 수원역 정비 등 동·서, 신·구도심의 균형발전 계기가 마련되면서 외형적으로 도시의 큰 변화가 예상된다.

내부적으로는 시민계획단과 마을계획단으로 대표되는 시민참여형 도시계획이 자리 잡아가면서 주민자치 도시로서의 체계를 확립해 나가고 있다. 수원의 내외적 팽창과 성장이 더욱 내실을 다진다면, 수원을 넘어 대한민국에 뿌리내리는 도시정책의 표본이 확립될 수 있을 것이다.

늘 그래 왔듯이 시민의 손으로 만드는 도시를 꿈꾼다. 그 오랜 염원이 수원에서 시작하여 대한민국에 뿌리내리기를 다시 한번 꿈꾸고 있다. 혼자 가면 빨리 가지만, 함께 가면 멀리 간다는 말이 있다. 우리 수원시가 현재 그리는 200년 청사진을 기초로 시민과 함께 고민하고 멀리 가는 도시가 되기를 바란다. 시민이 주인이 되는 주민자치 도시로 나아간다면, 대한민국을 넘어 세계 속의 수원시로 우뚝 설 수 있을 것이다.

(2015년 8월 30일 경기일보)

III

내 삶을 바꾸는
새로운 도시

도시재생은 쇠퇴한 지역을 대상으로 하기 때문에 별다른 지원이나 장치가 없으면 사실상 민간이 추구하는 수익성은 거의 없는 사업이라고 할 수 있다. 따라서 무엇보다 국공유지나 시설, 빈집 등 해당 지역의 재생 목적에 맞추어 쉽게 활용 가능한 공간이 확보되어야 한다. 이를 중심으로 사업 시행자나 총괄사업관리자에게 계획권이나 용도 선정 등을 할 수 있는 가칭 거점구역제도의 도입이 필요하다. 이와 동시에 민간 주체가 참여할 수 있는 투명한 절차를 구축해야 한다.

Innovation of City

#1

마을 만들기,
수원시의 실험

1. 새로운 대안운동, 마을 만들기

2. 마을 만들기의 성공을 위한 정책 방향

3. 수원시 마을 만들기 실천 사례

01

새로운 대안운동, 마을 만들기

한국사회는 그동안 개발성장시대를 거치면서 '최대다수의 최대행복'을 핵심가치로 사회 전체의 총량적 편익증대에만 관심을 가졌다. 그 과정에서 다수의 행복을 위해 소수의 희생을 정당화했고, 정부의 일방적인 도시정책으로 인간소외, 정체성 상실, 공동체 붕괴, 사회적 불평등과 같은 많은 부작용들이 나타나고 있다.[51] 그러나 사실 우리가 원하는 것은 양적인 성장이 아니라 질적인 성장이다. 성장의 속도가 아닌 질적인 측면에서 개인은 물론 공동체 삶의 질을 보장받는 건강한 도시를 원하는 것이다.

**도시정책에 대한 반성이자
대안 '마을 만들기'**

이러한 양적 성장과 획일적인 정부 주도의 도시정책에 대한 반성과 그 대안으로 참여와 소통, 그리고 합의를 중시하는 '마을 만들기'가 최근 우리 사회에 빠르게 정착되고 있다. 역사적으로 우리나라 마을 만들기는 1970년대 도시빈민운동, 민주화 이후의 1980년대 생활협동운동과 환경운동과 같은 시민사회 운동에서 그 뿌리를 찾을 수 있다. 이후 1990년대 경제 성장과 1995년부터 시행된 지방자치제를 통해 마을 만들기는 우리 사회의 큰 흐름으로 뻗어 나아가고 있다. 특히 민선5기 2010년대 이후는 수원시를 비롯한 많은 지방정부가 적극적으로 마을 만들기 사업을 추진하면서 대안운동의 하나로 점차 진화하고 있다.

마을 만들기는 사람의 가치를 최우선으로 하여 거주자들의 개인적 삶의 질은 물론 마을공동체를 회복할 수 있는 대안운동이다. 왜냐하면 지금과 같은 주민자치 시대에 마을공동체가 지향하는 대안적 가치를 가장 잘 표출하는 방안은 주민들이 직접 참여하여 소통하고, 합의를 거쳐 결정하는 것이기 때문이다. 우리나라의 마을 만들기는 우리 사회에 중요한 대안운동으로서 다음과 같은 중요한 의미와 가치를 갖는다.

첫째, '대안적인 인문공동체 운동'으로서 중요한 의미와 가치를 갖는다. 마을 만들기는 마을공동체의 문제를 함께 해결하고 만들어가는 과정에서 단절되었던 이웃과의 유대관계를 회복하고 인간성을 회복시키는 대안적인 공동체 운동이다. 그 추진과정에서 개개인의 이해관계에만 집착하던 개인들이 이웃과 더불어 공동체 문제를 직접 해결해 나아가는 과정을 학습하고 체험한다. 이를 통해 '사람 중심'의 가치와 공공성을 회복하기 때문에 마을 만들기는 대안적인 인문공동체 운동으로서 중요한 의미와 가치를 갖는다.

둘째, '지방자치시대의 주민자치 운동'으로서 중요한 의미와 가치를 갖는다. 마을 만들기는 그동안 정책의 수혜자인 객체로 인식했던 주민 개인이 마을공동체의 구성원이자 지역 문제를 해결하는 주체가 된다는 점에서 주민자치 풀뿌리 민주주의 운동이다. 주민은 곧 '주인'이며, 이러한 주인의식으로 도시를 직접 만들어가는 마을 만들기는 지방자치의 가장 기본적인 단위라고 할 수 있는 마을공동체에서 이루어지는 주민자치 운동이다. 또한 일련의 추진과정을 통해 주민들의 역량과 권한을 증진시키고, 나아가 좋은 민주주의 시민을 육성할 수 있다는 측면에서도 마을 만들기는 지방자치시대의 주민자치 운동으로 중요한 의미와 가치를[52] 갖는다.

셋째, '새로운 도시계획 패러다임 운동'으로서 중요한 의미와 가치를 갖는다. 기존의 도시계획은 결과 중심의 하향식Top-down 방식으로, 표

이재준의 뚜벅뚜벅

■ ■ ■ ■ **마을 만들기 현장**(수원시 포토뱅크)

준화된 지식을 이용해 과학적이고 기술적인 접근을 하는 전문가를 중심
으로 추진되었다. 반면에 마을 만들기는 전문가는 물론 주민을 비롯한
다양한 이해관계자들이 정책 결정에 직접 참여하고 협의하는 과정 중심
의 상향식Bottom-up 도시계획 방식으로 전환되는 새로운 도시계획 패러
다임 운동으로서 중요한 의미와 가치를 갖는다.

우리나라의 많은 지방정부에서 추진된 마을 만들기는 아직 대안운동으로서는 미완성이다. 주민 주도보다 행정 주도 추진방식의 한계, 소외계층을 포함한 다양한 주민주체들의 참여 부족, 문화예술을 포함한 다양한 사업유형 부족, 한정된 예산과 지원조직의 한계, 추진과정에서 일어나는 소소한 주민갈등과 같은 다양한 문제들을 극복해 나아가야 한다. 참여와 소통, 그리고 합의를 중시하는 마을 만들기는 주민의 관심이 높아야만 대안운동으로 잘 정착될 수 있다. 이를 위해선 행정은 물론 시민사회, 전문가들의 관심도 중요하지만 지역주민들의 관심과 역할이 가장 중요하다.

02

마을 만들기의 성공을 위한 정책 방향

학자로서 마을 만들기를 연구하고,

행정가로서 수원시에 마을 만들기

를 직접 실천했던 필자는 경기도 마을 정책이 지방자치 측면에서 반드

시 성공하기를 간절히 바란다. 주민이 주도하고 행정이 지원하는 마을

만들기가 하루빨리 지방자치단체에 정착되기를 바라는 간절한 소망을

담아, 우리나라의 성공적인 마을 만들기를 위한 정책을 제안해 본다.

**성공적인 마을 만들기
정책 3가지**

첫째, 광역과 기초의 역할분담을 잘 해야
한다. 광역행정은 마을 만들기를 지원하

고 기초행정은 이를 실천하는 것이다. 무엇보다 경기도 광역지자체는

마을 정책과 관련된 제도와 행정지침을 만들어, 기초지자체가 정책을 잘 실천할 수 있도록 예산지원과 지도자 육성을 해야 한다. 경기도의 경우 관련 조례 제정을 통해 행정조직과 예산을 집행할 근거를 확보하고, 31개 기초지자체를 대상으로 하는 마을공모사업 진행과 대중시민교육 등을 추진해야 한다.

마을 만들기 정책을 현장에서 직접 실천하고 주민들과 호흡하는 기초지자체의 의견을 충분히 수렴할 필요가 있다. 그러나 현재까지 추진되고 있는 마을 만들기 정책을 모니터한 결과, 경기도는 서울의 마을공동체사업과 같이 마을 정책을 직접 사업으로 추진하고 있다. 마을 만들기는 주민과의 괴리감이 클수록 실패할 확률이 높은 정책이다. 또한 31개 기초지자체로 구성된 경기도는 서울시와 행정체계가 다르다.

따라서 경기도의 행정여건에 맞게 마을 만들기 정책도 분권화해야 한다. 기초자치단체와의 협력체계를 어떻게 구성하고 유지할 것인지를 고민해야 한다. 경기도 31개 시군과의 행정협의체 등을 구성하여 공동으로 정책을 추진하는 지혜를 발휘해야 한다.

둘째, 이웃 간의 공동체 회복에 집중해야 한다. 대규모 마을 공간이나 시설 개발에 앞서 이웃 간의 공동체를 회복하는 노력에 집중하는 것이 필요하다. 대규모 마을 공간이나 시설 개발은 타당한 계획서와 예산,

그리고 공사 관리만 충분히 갖추면 비교적 수월히 진행될 수 있다. 그러나 이웃 간의 공동체를 회복하는 것은 관계 형성의 문제이기 때문에, 정교하고 섬세한 프로그램이나 충분한 경험을 가진 사람이 없으면 매우 어려운 과제이다.

따라서 일반적인 정책을 추진하는 것보다 마을 정책은 보다 섬세하게 준비해야 한다. 마을을 이해하는 사람(지도자)을 충분히 육성해야 하고, 정책 취지에 부합하는 정교한 사업 매뉴얼이 준비되어야 한다. 이는 참여와 소통을 통해 기초지자체 단위에서 마을 만들기를 성공적으로 정착시킨 수원시의 사례를 참고하는 것이 유용하다.

수원시의 경우 참여와 소통으로 '마을르네상스'를 마을 만들기 정책 브랜드로 선정하고, 마을학교 혹은 도시대학 등의 다양한 주민교육을 통해 주민들의 역량을 강화했으며 마을 지도자들을 육성했다. 또한 '마을계획단'이라는 제도를 통해 마을별 중장기적 발전계획을 수립하여 체계적인 마을 만들기를 유도하고 있다. 아울러 주민들이 쉽게 접근하고 다가갈 수 있도록 마을 만들기 공모사업을 지속적으로 추진했다. 초기에는 이웃 간의 공동체 활성화에 초점을 두었다가 점차 공간조성과 시설확보로 마을 만들기 사업을 발전시키고 있다. 수원시의 마을 만들기 정책 아래에서 마을은 곧 학교가 되었고, 다양한 경험적 자산이 마을 곳곳에 스며들어 수원시민을 성장시키고 수원의 도시를 변화시키고 있다.

셋째, 지속가능한 정책사업이어야 한다. 마을 만들기는 결코 하루아침에 완성될 수 없다. 지자체와 현장 주민들이 함께 이끌어가는 사업이기 때문에 정책 추진과정에서 지연될 수도 있고, 갈등이 생겨 엇박자가 생길 수도 있다. 마을 만들기 사업은 비록 선거공약으로 시작된 것이지만, 4년 뒤가 아니라 10년, 20년, 30년 후 경기도 마을과 주민들을 위한 지속가능한 정책으로 자리 잡아야 한다.

외국의 성공적인 도시정책들도 공통된 특징을 갖고 있다. 브라질 꾸리찌바의 도시환경정책, 일본 마치즈쿠리의 마을만들기정책, 쿠바 아바나의 도시농업정책 등은 모두 장기적이면서 확고한 청사진을 가지고 지속가능한 방식으로 추진되었기에 성공할 수 있었다. 최근 수원시 300인 마을 만들기 원탁토론회에 참여했던 시민들의 과반수는 마을 만들기를 통해 "살고 싶은 마을로의 실질적인 변화를 꿈꾼다."고 응답했다.

이러한 변화는 마을 만들기 사업 하나만으로는 이룰 수 없다. 궁극적으로는 마을 만들기 사업과 도시정책시민계획단, 그리고 주민참여예산제 등 기타 거버넌스 정책들이 유기적으로 결합해야 한다. 수원시에서는 '생태교통 수원 2013'을 통해 정책 간 연계를 통한 시너지 효과 창출을 경험한 바 있다. 경기도에서도 31개 시군 간의 협력을 바탕으로 더욱 다양한 사업들을 연계한다면, 경기도의 마을이 따뜻하고 살고 싶은 곳으로 바뀔 것이다.

마을은 생물이다. 마을마다 사람과 환경, 분위기 등 나름의 고유한 특징이 있다. 수원시는 물론 기초자치단체들은 앞으로 진행될 마을정책 사업을 관심 있게 기다리고 있다. 장기적인 청사진에 기초한 경기도의 적극적인 지원과 주민과의 직접적 호흡을 내세운 기초자치단체의 지속적인 노력이 조화를 이루어, 즐겁고 행복한 마을로 발전하기를 진심으로 바란다.

03

수원시 마을 만들기
실천 사례

2010년부터 추진된 수원시 마을 만들기는 '사람 중심'의 가치를 회복하고 이웃과 마을을 복구하는 대안운동으로 정착되는 가장 대표적인 사례다. 민선5기 이후 수원시는 '사람이 반가운 도시 휴먼시티 수원'을 가치 철학으로 설정했다.[53] '사람이 반갑다'는 시민 개개인이 도시생활 속에서 사람다움의 대접을 받는 것을 뜻한다. 즉 사람의 가치를 최우선시해야 하는 도시에서 시민 누구나 '사람다움'을 인정받고, 시민들이 적극적 참여자로서 시정의 주인 역할을 할 수 있도록 기회를 주는 것이다. 이는 그동안 개발성장 과정에서 잃어버린 도시의 정체성, 자아 상실, 공동체 붕괴 등을 다시 회복하자는 취지이기도 하다. 이러한 측면에서 이웃과 마을을 복구하는 대안운동으로서 수원시 마을 만들기 운동의 의미와 가치, 그리고 앞으로 나아갈 방향에 대해 논의해 보자.

1) 마을 만들기의 전개과정

**우리나라 마을 만들기
전개과정**

우리나라에서 '마을 만들기'란 용어는 일본의 마치즈쿠리가 1990년대 국내에 소개되면서 사용되었다. 마을 만들기는 주민들이 공동체를 형성하고 그 힘으로 자신들의 마을을 살고 싶은 방향으로 변화시키는 일련의 과정을 말한다. 시민사회의 풀뿌리 운동이 지향하는 변화의 흐름이면서, 스스로 자신의 권리를 찾기 위한 주민 참여 민주주의 대안운동의 한 형태라 할 수 있다.

마을 만들기가 정책적으로 시작된 것은 노무현 정부 때인 2005년 이후부터다. 도시경쟁력 강화와 삶의 질 제고를 위해 노무현 정부 이후 건설교통부의 '살고 싶은 도시·마을 만들기', 행정자치부의 '살기 좋은 지역 만들기' 등의 다양한 부처별 지역균형발전 정책 공모사업이 지금까지 추진되고 있다. 또한 서울시의 마을공동체 사업, 경기도의 따복공동체 사업, 광주 북구의 아름다운 마을 만들기 사업, 수원시의 마을르네상스 사업 등과 같이 최근 들어 지방정부 차원에서 독자적인 마을 만들기

정책[54]을 추진하고 있다.

마을 만들기 유형은 크게 행정이 공모사업을 주도하고 주민이 사업에 참여하는 행정주도형과 주민이 스스로 사업을 주도하고 행정은 제도적·재정적으로 지원하는 주민주도형으로 구분할 수 있다. 우리나라는 마을 만들기 사업 유형 대부분이 행정주도형이다.

수원시 마을 만들기 전개과정 │ 수원시의 마을 만들기는 역사적으로 다양한 시민사회운동에서 시작되었다. 민선5기 마을르네상스 사업 정책이 추진되면서 본격적으로 마을 만들기가 뿌리내리기 시작했다. 민선5기 이후 수원시는 시민이 주인이라는 사람 중심의 도시로 패러다임을 전환하고, 인문학 도시, 환경수도 등 사람이 반가운 휴먼시티를 위해 다양한 노력을 전개해 왔다. 그중에서 가장 대표적인 것이 '마을 만들기' 정책이다.

행정주도형으로 시작된 수원시 마을 만들기는 다양한 이해당사자의 참여를 이끌어내기 위해 수차례에 걸쳐 간담회와 정책토론회를 가졌다. 이를 통해 '사람 중심의 마을공동체 회복', '참여와 협력의 거버넌스 실천', '새로운 미래창조도시 조성' 등 3가지 비전과 목표를 설정하고 출발했다. 2010년 12월 조직개편을 통해 제2부시장 직속으로 마을만들기추진단을 신설하여 필요한 행정지원체계를 확보했다. 또한 제도적 뒷받침

이재준의 뚜벅뚜벅

■ ■ ■ ■ **마을벽화 만들기**(수원시 포토뱅크)

■ ■ ■ ■ **마을정원 만들기**(수원시 포토뱅크)

이 되는 「수원시 좋은 마을 만들기 조례」를 제정 · 공포하여 행정과 주민의 역할, 행정지원 내용, 주민과 행정의 협력, 주민참여 방안 등을[55] 명문화했다.

2011년 3월에는 시민대표, 전문가, 시민사회단체, 학계, 공직자 등 각계 대표들로 구성된 '좋은마을만들기위원회', 5월에는 관계부서들의 네트워크인 '마을만들기 행정지원협의체'[56]를 각각 구성했다. 6월에는 수원시 마을 만들기를 지원하는 기구인 '마을르네상스센터'가 정식으로 문을 열면서 마을 만들기 공모사업, 시민교육, 마을축제, 마을계획단 등의 마을르네상스 시대가 본격적으로[57] 열려 오늘에 이르고 있다.

2) 수원시 마을 만들기 성과

**주민역량강화
시민교육과 조력자**

마을 문제를 시민 스스로 해결하는 역량을 강화해 주는 시민교육은 찾아가는 주민교육, 맞춤형 주민교육, 마을아카데미, 마을전문가 양성교육, 조력자 양성교육, 청소년마을학교, 마을학교 등의 다양한 교육과정으로 이루어져 있다. 또한 시민교육은 주민들이 사업을 발굴하고 스스로 계획할 수 있도록 수원권의 대학들과 협력적 네트워크 체계를 구축하여 운영되고 있다.

이재준의 뚜벅뚜벅

2013년부터 이음 마주넷을 시작으로 생활환경 마주넷, 마을축제 마주넷, 마을신문 마주넷, 마을미디어 마주넷, 음악 마주넷 등 마을과 마을, 사람과 사람을 연결하고 있다. 또한 주민상담, 토론회 진행, 정산회계, 모니터링, 홍보 등을 도와주는 조력자를[58] 배출하고 있다. 2017년 이후부터는 수원시지속가능도시재단에 편입되어 통합교육으로 추진되고 있다.

수원시 마을 만들기 주민역량강화 시민교육 추진현황

구 분	계	2011년	2012년	2013년	2014년	2015년	2016년
찾아가는 주민교육	40회	20회	–	5회	15회	–	
맞춤형 주민교육	22회	11회	1회	2회	4회	2회	2회
마을아카데미	4회	2회	–	–	–	1회	1회
전문가 양성교육	4회	–	–	–	3회	1회	
조력자 양성교육	4회	–	–	–	3회	1회	
청소년마을학교	4회	–	–	–	2회	1회	1회
마을학교	5회	1회	1회	1회	1회	–	1회

※ 2017년 이후 수원시지속가능도시재단에 편입되어 통합교육으로 추진됨

마을 만들기 정책 공모사업

마을 만들기 공모사업은 주민조직강화 및 갈등관리방안, 그리고 수원시 고유의 특색 있는 수원형 마을 만들기 사업을 모색하는 데 중점을 두었다. 주민 참여를 유도하는 정책 공모사업은 공동체, 시설조성, 공간조성, 기획공모, 씨앗공모 등의 사업유형으로, 2018년까지 845건이 추진되었다.

구 분	계	2011년	2012년	2013년	2014년	2015년	2016년	2017년	2018년
총계	845건	54건	131건	139건	132건	144건	120건	80건	45건
공동체	587건	30건	85건	87건	98건	113건	72건	57건	45건
시설조성	180건	13건	17건	9건	22건	31건	13건	23건	–
공간조성		11건	21건	20건					
기획공모	68건	–	8건	13건	12건	–	35건	–	–
씨앗공모	10건	–	–	10건	–	–		–	–

※ 2017년 이후 경기도 따복공동체 주민공모사업이 본격화됨에 따라 시설 및 공간 조성 유형을 축소함

마을경쟁력 높이려는 마을계획단

경쟁력을 갖춘 도시와 마을을 위해 주민들이 직접 마을계획을 수립하고자 한 것이 마을계획단이다. 행정동 단위로 마을계획을 수립하기 위해 수원시는 대한민국 최초로 2013년과 2015년 두 차례 마을계획단을 운영했다. 2013년은 주민 스스로 마을의 비전을 정하고, 이를 실천하기 위한 다양한 사업을 실천하는 것을 목표로 진행했다. 최근에는 보다 실현 가능성이 있는 생활밀착형의 마을계획을 수립하고, 특성화 마을을 위한 방안을 중심으로 수립했다.[59]

소통과 참여를 통한 마을축제

마을 만들기 성과를 주민들끼리 공유함과 동시에 미래를 위한 토론의 장으로 매년 '수원 마을축제'를 진행하고 있다. 2013년에 '사람과 사람, 마을과 마

이재준의 뚜벅뚜벅

■ ■ ■ **마을르네상스 주간**(수원시 포토뱅크)

■ ■ ■ **마을만들기 행사**(수원시 포토뱅크)

을을 이어주는 마을르네상스 주간행사'라는 주제로 시작한 마을축제는 수원 마을르네상스 헌장을 선포[60]한 자리였다. 2014년에는 '근린자치의 꿈을 마을 만들기로'라는 주제로, 2015년에는 '마을 꽃이 피다!'라는 주제로 진행했다. 최근에는 마을 속에서 주민 스스로 진행하는 마을축제로 점차 발전되고 있다.

소통과 참여의 시작, 홍보

'화사한 엽서', '마을르네상스 웹진', '수원이 상상하는 마을이야기 소식지', '마을르네상스 저널' 등 다양한 홍보물이 발행되고 있다. 2011년 처음 선보인 '마을르네상스 홈페이지'는 마을르네상스와 관련하여 다양한 정보를 제공하고, 주민들이 쉽고 빠르게 원하는 정보를 찾을 수 있도록 했다. 또한 페이스북과 네이버 밴드를 활용해 주민활동 소식을 공유하는 등 소통의 발판을 마련했다.[61]

특히 2015년부터 이메일로 발행하는 '화사한 엽서'는 주민들에게 더욱더 빠르게, 더 자주 소통하는 수단이 되고 있다. 또한 단순하게 일방적인 정보를 전달하는 홍보가 아니라, 주민들이 참여하고 함께 만들어가는 방향으로 바뀌고 있다. 2017년 이후부터는 수원시지속가능도시재단에 편입되어 통합 추진되고 있다.

구 분		계	2011년	2012년	2013년	2014년	2015년	2016년
저널	제작부수	23,000	–	6,000	6,000	5,000	4,000	2,000
	제작횟수	9	–	2	2	2	2	1
소식지	제작부수	23,000	2,000	2,000	–	11,000	6,000	2,000
	제작횟수	10	1	1	–	5	2	1
웹진	제작부수	30,272	–	775	5,655	11,676	5,966	6,200
	제작횟수	28	–	5	6	10	5	2
화사한 엽서 (주간)	제작부수	38,446	–	–	–	–	33,115	5,331
	제작횟수	27	–	–	–	–	22	5

※ 2017년 이후 수원시지속가능도시재단에 편입되어 통합 추진됨

■ ■ ■ ■ 마을 만들기 원탁토론(수원시 포토뱅크)

3) 대안운동으로서 수원시 마을 만들기 방향

우리 시대의 마을 만들기는 대안적인 인문공동체 운동이자 주민자
치 운동이며, 새로운 도시계획 패러다임 운동이다. 여기에서 마을 만들
기의 의미와 가치를 찾을 수 있다. 그러나 우리나라 마을 만들기는 아직
대안운동으로서 미완성이다. 주민 주도보다 행정 주도 추진방식의 한
계, 소외계층을 포함한 다양한 주민주체의 참여 부족, 반복되는 단순한
사업유형, 한정된 예산과 지원조직, 추진과정에 소소한 주민갈등과 같
은 다양한 문제들을 극복해야 한다.[62] 이에 마을 만들기가 대안운동의
역할로 수원시에 더욱 정착되는 방안에 대해 논의해 보고자 한다.

거버넌스 시스템 강화 시민들은 그동안 마을 만들기에 참여하
면서 주민자치 의식과 충분한 민주적인
시민공동체 의식을 갖추었다. 앞으로는 개인의 다원성과 마을공동체 공
공성 사이에 조화를 이루는 거버넌스 시스템이 더욱 강화되어야 한다.
이제 '행정 주도 시민참여'의 시대에서 '시민 주도 행정지원'의 거버넌스
시스템으로 전환되어야 한다. 이러한 거버넌스 시스템으로 전환되기 위
해서는 민관협력 시스템을 만들고 지원할 수 있도록 새로 출범한 수원
시지속가능도시재단, 그리고 그동안 마을 만들기를 주관하고 참여한 마
을협의회와 수원지역 23개 시민사회협의회의 역할이 매우 중요하다.[63]

이재준의 뚜벅뚜벅

**실행력을 담보하는
제도화**

수원시를 비롯해 마을 만들기 조례를 제
정한 우리나라 지자체는 약 40여 개가 넘

는다. 그러나 실천적인 사례는 그리 많지 않다. 왜냐하면 현재 우리나
라 마을 만들기 조례는 상위법 근거가 없는 임의 조례 성격이며, 구체적
인 실행방안을 조례에 잘 적시하지 못했기 때문이다. 따라서 중앙정부
차원의 제도로 마을 만들기 제도를 격상시키고, 이를 토대로 구체적이
고 실행적인 조례로 발전시켜야 한다. 나아가 마을 만들기가 효율적으
로 작동되기 위해서는 「도시재생 활성화 및 지원에 관한 특별법」, '지구
단위계획' 등의 규제적인 연관제도와 연동되어야 한다.

**충분한 재정확보와
집행 자율성 강화**

대안운동으로서 마을 만들기가 정착되기
위해서는 충분한 재정과 집행 자율성이

뒷받침되어야 한다. 현재 수원시에서 집행되는 마을 만들기 예산은 전
체예산 대비 0.1%에 불과하다. 보다 많은 주민의 참여와 사업발굴을 위
해선 향후 1~5%까지 예산을 확대할 필요가 있다. 예산 확대방안으로
는 현재의 도시재생기금을 더 확대하거나 별도로 영국의 '에셋 매니지
먼트', 시애틀의 '마을지원기금'을 참고해서 마을지원기금을 운영할 수
있다. 또한 마을 만들기를 추진하는 주민 주체들에게 지금보다 예산집
행의 자율성을 더 확대해야 한다.

4) 주민자치적인 혁신도시

　마을 만들기는 마을공동체가 지향하는 대안적 가치를 표출·확산하는 효과적인 방안이다. 도시공동체가 활성화되고, 소통과 교류를 통한 이웃과의 관계 개선, 관심과 참여에서 싹튼 향토애와 자긍심, 마을과 도시의 미래 비전 등 마을 만들기를 통해 그동안 우리 도시와 마을에 긍정적인 변화들을 만들고 있다. 특히 수원시 마을 만들기는 이웃과의 상호작용을 통해 형성된 협력과 신뢰를 바탕으로 사람의 가치를 최우선하는

인문공동체 운동이자 주민자치 운동이며, 새로운 도시계획 패러다임 대안운동으로 잘 자리 잡고 있다.

역사적으로 수원시는 정조대왕의 인본주의와 개혁정신을 토대로 만들어진 계획도시이다. 따라서 수원시는 수원시민 누구나 인본주의를 바탕으로 '사람다움'을 인정받고, 적극적 시정 참여자로서 시정의 주인 역할을 수행할 수 있는 주민자치적인 혁신도시로 거듭나야 한다. 이를 위해서는 참여와 소통, 그리고 합의를 중시하는 '마을 만들기'를 대안운동으로 잘 정착시키는 것이 중요하다. 행정은 물론 시민사회, 전문가들의 관심도 중요하지만 지역주민들의 관심과 역할이 가장 중요하다.[64]

Innovation of City

#2

도시재생
뉴딜정책

1. 도시개발에서 도시재생으로

2. 핵심 국정과제로 떠오른 도시재생

3. 도시재생 뉴딜정책의 성공을 위한 10가지 방향

4. 국내외 도시재생사업의 사례와 교훈

도시개발에서
도시재생으로

도시는 사람들이 사는 장소이자 공동체를 말한다. 도시는 생명력 넘치는 삶의 현장이고, 도시 곳곳의 모든 장소, 도시에서 일어나는 모든 것들이 살아 있는 역사다. 인간의 역사와 삶의 모든 것이 도시에 담겨 있다. 도시는 끊임없이 진화하고 변화한다. 그러한 진화와 변화 활동이 바로 도시개발이다. 도시공간을 변화시키는 도시개발은 기존의 도시공간 구조는 물론 삶의 모습도 바꾼다. 도시개발을 통해 인간은 삶의 질을 더욱 높일 수 있다.

이재준의 뚜벅뚜벅

도시개발이란 | 도시개발都市開發은 도시적 형태와 기능
을 갖춘 신도시 혹은 신시가지를 조성하
거나, 쇠퇴한 기존 시가지를 재생하는 행위이다. 신도시 혹은 신시가지
조성은 도시의 형태와 기능이 없는 토지에 도시적 기능을 부여하기 위
해 형태를 바꾸고 용도를 부여해 새로이 도시를 조성하는 것이다. 또한
쇠퇴한 기존 시가지 재생은 인구가 감소하고 주거환경이나 산업구조가
노후화되고 쇠퇴한 기존 시가지에 새로운 기능을 도입하고 창출하여 활
성화하는 것이다.

법적으로 도시개발은 「도시개발법」에 근거한다. 특별시장·광역시장
또는 도지사가 도시개발구역을 지정하고, 고시된 구역 내에서 주거·상
업·산업·유통·정보통신·생태·문화·보건복지 등의 기능을 갖는
단지 또는 시가지를 조성하는 것을 일컫는다. 신도시 혹은 신시가지 조
성이 도시화가 급속히 진행된 성장시대에 이루어졌다면, 쇠퇴한 기존
시가지의 재생은 지금과 같은 저성장시대에 주로 이루어진다. 도시개발
관련 법률들은 「도시개발법」과 「도시 및 주거환경정비법」, 「도시재정비
촉진을 위한 특별법」, 「토지보상법」 등이 있는데, 각 법률이 일치하지 않
거나 행정적인 판단을 하기에 매우 복잡하게 되어 있다.

인류 역사와 함께한 도시개발 | 도시개발의 역사가 곧 도시의 역사이
다. 왜냐하면 변화 수요에 대응하고 인간의 욕망을 반영해 도시개발은

이재준의 뚜벅뚜벅

끊임없이 이루어졌기 때문이다. 최초의 도시인 고대도시에서도, 교역의 중심지였던 중세도시에서도 진화를 위한 도시개발은 있어왔다. 고대와 중세 도시들의 경우, 왕과 영주들은 권력을 과시하기 위해 도시의 품위와 국격國格을 높이고자 역사적이고 기념비적인 건물을 세워 도시개발을 추진했다. 또한 지배권력을 정당화하기 위해 적절한 이데올로기를 수단으로 삼아 상징적인 공간을 만들기도 했다.

본격적인 도시개발은 사실 산업혁명 이후 산업화와 도시화 과정에서 자본과 결합하면서부터이다. 산업혁명 이후 국가권력으로부터 해방된 도시는 자유와 자치의 힘으로 자본주의를 낳았다. 자본은 권력과 결합하여 공공의 목적을 갖고 도시를 확장 재구조화했다. 산업혁명 이후 도시개발은 자본과 권력의 상징이다. 도시화 수요에 대응해 자본가들의 더 많은 부와 자본을 위해서, 권력자의 치적이나 상징으로서 도시개발은 포장되고 발전했다. 수익성을 계산하는 자본과 권력에 의해 도시개발이 지배된 것이다.

공공적인 성격을 지닌 도시개발 | 도시개발은 기본적으로 공공적인 성격을 지닌다. 도시개발의 공공성은 쾌적한 도시환경 조성과 공공복리 증진에 이바지하는 것이다. 권력과 자본의 지배공간 유지를 위한 도시개발에서도 항상 공공성의 정당성을 명분으로 삼았다. 국가는 공공적 성격의 도시개발을 위한 각종 규제 장치와 정책을 만들었다.

최근 도시개발은 '공공을 위한 선善'이라는 사회적 정당성으로 법적 정당성을 부여받고 자본가와 결합하여 추진되고 있다. 공공의 측면에서 개발 주체가 국가이든 민간이든 누구든 간에 법률상으로 도시개발은 '공익' 사업으로 관리된다. 이 과정에서 도시개발은 공간을 '경제적 가치'로 환원시켜 실체가 없는 유토피아를 만들곤 했다. 매우 추상적이고 미적인 부분만 추구하면서 그것이 경제성이나 도시경쟁력을 확보하는 것이라고 강조되었다.

개발과 환경보전 사이 | 도시개발과 환경보전, 이 둘의 이념적 논쟁이 도시개발에서 중요하게 부각되곤 한다. 신도시나 신시가지 등의 도시개발은 통상 토지가격이 저렴한 미개발지나 개발제한구역을 대상으로 진행되기 때문에 양호한 녹지와 동식물 서식처 보호를 위한 환경보전 사이에서 이념적 논쟁이 불거지는 것이다.

삶의 질 | 도시개발 이후 정작 그 가치를 누려야 하는 기존 주민들은 쫓겨나고 지불능력이 있는 소비자가 그 자리를 차지하기 때문에 갈등과 투쟁의 역사로 점철되었다. 우리에게 잘 알려진 광주 대단지사건, 목동 사태, 상계동 철거민 투쟁, 용산 철거민 투쟁 등이 도시의 권리를 위한 대표적인 투쟁 사건들이다. 우리나라 근대화 과정에서 권위주의 정부가 주도하는 압축적 성장과 도시개발 과정에서 생겨난 도시개발의 대표적

이재준의 뚜벅뚜벅

인 후유증들이다.

그러나 최근에는 지속가능한 발전이나 포용적인 성장이 대두되면서 사회 · 문화 · 경제 · 환경 · 복지 등 인간이 살아가는 데 필요한 모든 분야를 포괄하는 '삶의 질' 차원에서 도시개발이 이루어지고 있다. 역사적으로 도시개발은 자본과 권력, 개발과 환경보전, 삶의 질 사이에서 진화를 거듭하고 있다.

재개발 · 재건축 | 재개발再開發은 주거환경이 낙후된 지역에 도로 · 상하수도 등의 기반시설을 새로이 정비하고 주택을 신축함으로써 주거환경 및 도시경관을 재정비하는 사업이다. 재건축再建築은 기존의 낡은 아파트나 연립주택지구를 허물고 다시 짓는 사업이다. 이러한 재개발 · 재건축 모두 「도시 및 주거환경정비법」을 적용받는데, 사업성이 있어야 하기 때문에 주로 아파트를 중심으로 사업이 이루어진다. 재개발 · 재건축 모두 노후 · 불량 주택을 철거하고, 그 대지 위에 새로운 주택을 건설하기 위해 기존 주택의 소유자가 조합을 설립해 자율적으로 주택을 건설하는 사업이다.

재개발 | 불량주택 및 공공시설 정비가 목적이나, 사업성이 있어야 하므로 주로 단독주택이나 상가들이 밀집한 불량주거지를 철거하여 아파

트 단지로 개발한다. 우선 도시 내에 낡고 오래된 주택이 밀집되어 주거생활이 불편하고, 도로·상하수도 시설이 불량한 지역을 재개발구역으로 지정한다. 그런 다음 도로·상하수도·공원 등 공공시설을 정비하고, 낡은 주택은 헐고 새로 건축하는 등 주거환경을 개선하는 것이다.

재건축 | 20년 이상 경과되어 과다한 수선유지비나 관리비용이 드는 경우, 20년 이상이 경과되고 주거환경이 불량하여 재건축을 했을 때 큰 효율증가가 예상되는 경우, 시장·군수·구청장 등이 도시미관·토지이용도·난방방식·구조적 결함 등으로 재건축이 불가피하다고 인정하는 경우에 추진할 수 있다.

재개발·재건축 사업의 차이점 | 재개발·재건축 모두 도시계획사업의 하나이기 때문에 사업대상구역의 지정절차는 「도시계획법」에 따르고, 대상구역에 대한 사업계획과 시행은 「도시 및 주거환경정비법」이 정하는 절차에 따른다. 다만 재개발의 경우 공공사업의 성격을 띠고 있다는 점에서 민간 주택사업의 성격이 짙은 재건축과 다르다. 또한 기존 주택 세입자 처리와 관련해 재개발은 공공임대주택을 공급하거나 공급자격이 없는 세입자에게 3개월분의 주거대책비를 지급하도록 되어 있다. 반면에 재건축은 당사자 간의 주택임대차 계약에 따라 개별적으로 처리한다.

이재준의 뚜벅뚜벅

재개발·재건축과 도시재생의 차이점 | 재개발·재건축 모두 노후된 기존 시가지가 쇠락하여 발생하는 도심 공동화를 방지하고, 침체된 도시 경제를 활성화하기 위해 새로운 기능을 도입하고 창출한다는 측면에서는 넓은 의미에서 도시재생에 포함된다. 그러나 도시재생과 크게 다른 점은 노후·불량 주택과 공공시설을 개선하는 도시재생과 달리, 재개발·재건축은 조합을 구성해 노후·불량 주택을 철거하고, 그 철거한 대지 위에 새로운 주택을 건설하는 방식이다.

**도시재생과
도시재생 뉴딜정책** | 도시재생都市再生은 산업구조 변화에 따라 쇠퇴한 도시에 새로운 기능을 추가하여 도시를 부흥시키는 것이다. 즉 상대적으로 낙후된 기존 도시에 새로운 기능을 도입하고 창출함으로써 쇠퇴한 도시를 새롭게 경제적·사회적·물리적으로 부흥시키는 도시사업인 것이다. 도시재생은 제2차 세계대전 이후 선진국 도시에서 급속히 도시가 확장된 탓에 나타난 도심 공동화 현상을 극복하기 위해 등장했다. 반면에 우리나라의 도시재생은 기존의 뉴타운, 재개발·재건축 등 과거 수익성 위주의 대규모 도시개발사업 때문에 발생한 각종 사회적 문제에 대한 반성에서 주창되었다.

쇠퇴한 지역에 인프라 재정비 | 도시재생은 도로·공원 등 도시기반 정비, 건축물 리모델링, 첨단산업단지 조성, 역사적 경관 보전·복원 등

다양한 방법이 포함된다. 도시재생 정책을 가장 먼저 도입한 영국 런던의 도클랜드 지역을 비롯해 섬유산업 쇠퇴 이후 정보통신, 미디어, 에너지 등 지식산업 클러스터를 조성해 유럽을 대표하는 혁신거점이 된 스페인 바르셀로나 포블레노우, 버려진 부둣가 창고에서 제2의 실리콘밸리로 재탄생한 미국 시애틀 사우스레이크유니언 등이 도시재생의 가장 대표적 사례로 꼽힌다. 이와 같이 도시재생은 쇠퇴한 지역에 인프라를 재정비하고, 새로운 기능을 도입하고 창출하여 도시를 활성화하는 것을 목표로 한다.

도시재생 뉴딜정책 | 우리나라는 박근혜 정부가 정부 주도의 신도시 개발을 포기하고 도시재생 제도와 정책을 시작했다. 그러나 본격적인 도시재생은 문재인 정부에서 추진한 도시재생 뉴딜정책이다. 문재인 정부의 도시재생 뉴딜정책은 낡고 쇠퇴한 도시환경을 개선하고 일자리와 도시의 성장동력을 확충하여, 지방분권 강화 및 균형발전이라는 시대적 과제를 국가적 차원에서 추진하는 사업이다.[65] 재정지원만 해도 총 50조 원에 이른다. 도시재생 뉴딜정책은 공공기관이 주도하여 쇠퇴한 구도심의 저층 노후 주거지 정비는 물론 노후화된 기존 주택을 공동으로 정비하거나 매입 혹은 장기 임차하여 청년, 신혼부부, 저소득층에게 공공임대주택을 제공하는 것이다.

이재준의 뚜벅뚜벅

신도시 │ 신도시新都市는 자연적으로 성장한 도시가 아니
라 처음부터 계획적·인공적으로 만들어진[66] 도

시이다. 기존 대도시에 의존적인 도시나 대규모 주택단지가 신도시에

포함되기도 하지만, 엄격한 의미에서 신도시는 생산, 유통, 소비의 기능

을 고루 갖춘 경제적 독립도시자족도시를 뜻한다. 대표적인 경우가 자립

적인 기능을 가진 영국의 전통적인 신도시이다. 근대적 신도시 개념은

1898년 영국의 하워드E. Howard가 구상하여 제안한 전원도시에서 시작

된다. 또한 '신도시뉴타운, new town'라는 명칭은 1946년 영국에서 「신도

시법」에 따라 건설된 도시만을 지칭하는 말로 처음 사용되었는데, 영국

의 신도시 개발정책이 높이 평가됨에 따라 각국에서는 대도시 주변에

건설되는 대규모 주택지들도 '뉴타운'이라 부르게 되었다.

우리나라의 신도시 개발 목적 │ 본격적인 신도시 계획은 1960년대 이후

에 시작되었다. 신도시 개발 목적은 크게 지역개발 차원에서 배후도시

로 개발, 서울의 도심기능 분산과 주택공급 확대, 대도시 인구 분산 및

지역개발의 수단, 수도권 주택공급 수단 등이다. 1960년대에는 공업단

지 배후신도시가 개발되었는데, 그 성격은 산업기지 배후도시와 수도권

의 과밀문제 완화를 위한 것이었다.

공업단지 배후도시로 건설된 최초의 신도시는 석유화학단지와 함께

조성된 울산 산업도시(1962)이고, 1960년대 후반 서울시가 불량주택 정

리 방안의 일환으로 세운 광주주택단지(이후 성남으로 행정구역 개편)가 수도권 과밀문제 완화를 위해 추진된 신도시라 할 수 있다. 1970년대에 들어서면서 수도권 인구분산 문제와 관련하여 계획적인 신도시 건설이 시작되었는데, 안산(반월), 창원, 과천 등이다.

1980년 12월 「택지개발촉진법」 제정을 계기로 신도시 개발을 위한 공영개발이 활성화되었고, 정부가 신도시라는 용어를 공식적으로 신시가지에 사용했다. 1980년대에 들어서면서부터는 주로 수도권의 주택부족 문제를 해결하는 데 초점을 맞추고 목동지구(1983)나 상계지구(1986) 같은 도시 내에 대단위 신시가지new town in town 건설이 추진되었다.

신도시 건설사업 추진 | 1987년 제6공화국 출범 직후 정부는 선거공약으로 내걸었던 '주택건설 200만 호 개발계획'에 큰 비중을 두고, 서울 시내와 외곽 주택 공급에 치중했으나 원활히 이루어지지 않았다. 이에 정부는 개발제한구역 밖에 있는 값싼 토지에 눈을 돌려 1989년 '수도권 5개 신도시 건설사업'을[67] 발표했다. 이것이 바로 1기 신도시다. 이후 본격적인 신도시 개발이 진행되었다. 1989년 1기 신도시, 2003년 2기 신도시, 2018년~2019년 3기 신도시 계획이 발표되었다. 사실 소규모 택지개발보다는 신도시 건설이 도시개발에 더 적절하다. 난개발을 조장하는 소규모 택지개발보다는 적정규모로 교통 · 교육 · 문화 등 도시계획의 장점을 갖추는 것이 신도시이기 때문이다.

이재준의 뚜벅뚜벅

이러한 측면에서 노태우 정부의 주택건설 200만 호 개발계획 정책으로 추진된 1기 신도시는 분당, 일산, 중동, 평촌, 산본 등의 5개 신도시에 총 28만 호를 공급했다. 노무현 정부의 100만 호 주택건설 정책으로 추진된 2기 신도시는 판교, 동탄, 김포 한강, 운정, 광교, 양주(옥정·회천), 위례, 고덕 국제화 계획지구, 인천 검단, 아산(탕정·배방), 대전 도안 등 10여 개 신도시에 총 61만 호를 공급했다. 문재인 정부의 103만 호 주택건설 정책으로 추진된 3기 신도시는 경기도 광명시, 시흥시, 김포시, 남양주시, 하남시, 고양시, 부천 대장지구 등 6개 지역에 총 30만 호를 공급할 예정이다.

시대적으로 1기와 2기 신도시는 시의적절한 정책으로 평가된다. 개발성장시대에 인구가 지나치게 밀집된 수도권에 부족한 주택을 공급해준 정책이었다. 그런데 저성장시대이자 인구감소 시대인 지금, 3기 신도시 정책은 부동산가격 대책에 주안점을 두고 있다. 폭등하던 서울의 집값 안정을 목표로 하는 부동산 정책인 것이다.

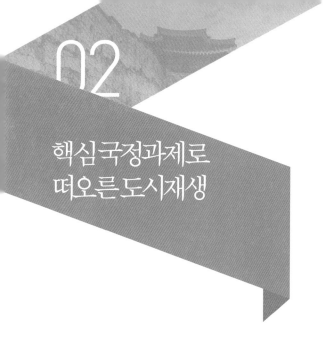

02

핵심국정과제로 떠오른도시재생

문재인 정부가 주창한 '내 삶을 바꾸는 100대 국정과제' 중에서 가장 핵심적인 과제는 도시재생뉴딜이다. 도시재생뉴딜은 낡고 쇠퇴한 도시환경을 개선하고 일자리와 도시의 성장동력을 확충하여, 지방분권 강화 및 균형발전이라는 시대적 과제를 국가적 차원에서 추진하고자 하는 강한 의지가 담겨 있는 정책이다.

"나는 미국인에게 뉴딜(새로운 처방)을 약속한다." 1933년 미국 제32대 루스벨트 대통령은 대통령 후보 연설에서 대공황을 타개하기 위해 '뉴딜 정책'을 표방했다. '뉴딜New Deal'이라는 용어는 시어도어 루즈벨

이재준의 뚜벅뚜벅

트의 스퀘어 딜square deal : 공평한 분배정책과 윌슨 대통령의 뉴프리덤New freedom : 새로운 자유정책의 합성어이다. 루스벨트 대통령은 당선 이후 금융개혁, 일자리 창출 등의 경제정책뿐만 아니라 사회적 약자를 위한 연방 차원의 복지정책을[68] 적극적으로 추진했다. 우리나라 도시정책도 이제는 단순한 개발사업의 패러다임을 넘어 주거복지, 일자리 창출, 사회 양극화 해소 등 종합적인 '도시재생의 뉴딜(새로운 처방)'이 필요한 상황에 직면해 있다.

1) 기존 도시재생 정책 평가

사실 도시재생은 기존 정부에서부터 진행해 왔던 정책이다. 우리나라의 경우 도시재생은 뉴타운, 재개발, 재건축 등 과거 수익성 위주의 대규모 정비사업으로 인해 각종 사회적 문제에 대한 반성에서 주창된 정책이다. 도시재생은 쇠퇴하는 지역에 인프라를 재정비하고 새로운 기능을 도입하고 창출하여 도시를 활성화하는 것을 목표로 하고 있다.

「도시재생 활성화 및 지원에 관한 특별법(2013)」 제정 이후 추진된 도시재생사업은, 2014년에 지정된 선도지역 13곳과 2016년에 선정된 일반지역 33곳을 포함해 총 46곳의 도시재생활성화사업(연간 500억)이 현재까지 진행되고 있다. 또한 2015년부터 시행된 새뜰마을사업(연간 400

억 원)과, 2016년까지 10여 년간 시행된 도시활력증진사업(연간 1,000억
원), 그리고 다양한 부처별 재생 관련 정책사업까지 포함하면 이미 적지
않은 정부예산이 투입되었다. 그 외에 노후산단 재생사업을 비롯한 재
생사업이 도시지역만 전국적으로 100개가 넘고, 농촌지역의 농촌중심
지활성화사업 등 관련 사업까지 포함하면 많은 재생사업이 그동안 추진
되었다.

  그러나 국내 도시의 읍면동 기준 2/3에 해당하는 약 2,200여 곳이 쇠
퇴 중인[69] 것을 고려하면, 국가 전체적으로는 볼 때 사업지구당 평균 90
억 원 정도의 미미한 공적 재정투자로 도시재생 성과가 미약했다. 또한

이재준의 뚜벅뚜벅

사업추진이 대규모 계획수립에 초점을 두어 주민의 삶의 질과 직결된 생활인프라 확충이나, 일자리 창출 등의 도시경쟁력을 높일 수 있는 성과도 미흡했다. 아울러 사회적경제나 마을기업, 마을활동가 등을 육성할 수 있는 기반을 마련하는 데 소홀했고, 사업종료 후 임대료 상승 등으로 인한 둥지내몰림(젠트리피케이션) 부작용에도 제대로 대응하지 못했다. 이러한 점에서 문재인 정부는 도시재생 뉴딜정책을 공표했다.

2) 도시재생 뉴딜정책은 도시혁신 사업

도시재생 뉴딜정책은 단순 주거정비사업이 아니라 쇠퇴한 도시를 재활성화하여 도시경쟁력을 높이려는 '도시혁신革新사업'이다. 혁신革新이란 일체의 묵은 제도와 방식을 고쳐서 새롭게 만드는 것으로, 도시재생 뉴딜정책 사업은 기존의 한계를 넘어 지역주민과 더 가깝게 소통하고 국토와 도시를 건강하게 만드는 데 이바지할 것이다.[70]

이를 위해 도시재생 뉴딜정책 사업은 지자체와 공기업 · 민간기업이 주도하고, 재정은 사업성 보완을 위한 마중물 역할로, 도심 · 저층 노후 주거지, 노후 산업단지, 역세권, 지방 중소도시 등을 포괄하는 지역 특성별 맞춤형으로 지원하는 사업이다. 그 유형과 사업모델은 '저층 주거지 재생형', 안전등급이 열악한 '정비사업 보완형', 역세권 공유지를 활용하는 '역세권 정비형', 농어촌지역을 정비하는 '사회통합 농어촌복지형', 대규모 국공유지를 활용한 '공유재산 활용형', 도심 신활력 거점을 위한 '혁신공간 창출형' 등[71] 6대 유형의 15개 사업모델을 제시하고 있다.

따라서 도시재생 뉴딜정책은 쇠퇴한 도시의 도시경쟁력과 주민의 삶의 질을 높이고 일자리를 창출하는 사업이다. 전국이 골고루 잘사는 지방분권 강화 및 균형발전이라는 시대적 과제를 실현하는 것이다. 이러한 목표를 세분하면 다음과 같다.

도시재생 뉴딜정책 6대 유형, 15개 사업 모델

유형	세부유형(사업모델)	유형	세부유형(사업모델)
정비사업 보완형	① 재개발 · 재건축 사업 – 안전등급 D, E 판정 건축물 정비 – 방치 주택지, 추진 불가피 지구	사회통합 농어촌 복지형	⑦ 생활복지주택, 농어촌복지 공유주택 등
			⑧ 중소도시 시내 정비
	② 도시환경정비사업 등 도심	공유재산 활용형	⑨ 국공유지 위탁개발사업
저층 주거지 재생형	③ 저층 노후 주거지 재생모델		⑩ 대규모 국공유지 개발사업
	④ 기존 주택 매입, 장기임차 공공주택		⑪ 저밀 공용청사 복합화사업
		혁신공간 창출형	⑫ 도심 신활력 거점공간 조성
역세권 정비형	⑤ 역세권 청년주택으로 정비		⑬ 도시첨단산업단지, 복합지식산업센터 건립
	⑥ 역세권 공유지 활용 복합사업 구역 추진		⑭ 복합기숙사 건축 및 캠퍼스 타운 조성
			⑮ 생산하는 도시, 생산하는 아파트 단지 지원사업

이재준의 뚜벅뚜벅

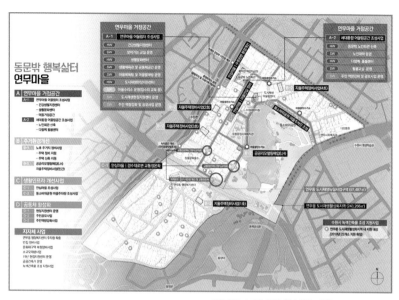

■ ■ ■ **연무동 도시재생 활성화 계획도**(출처: 수원시)

주민의 삶의 질 향상 | 도시재생 뉴딜정책은 기존의 아파트에 준하는 각종 편의시설(무인택배시설, 마을공동주차장, 쓰레기보관소, 휴게소, 놀이터 등)과 주민공동시설 설치를 지원하는 등 동네 단위로 생활밀착형 편의시설을 확충하여 쇠퇴지역 주민의 삶의 질을 향상시키는 것을 목표로 한다. 또한 지역 내 취약계층을 위한 맞춤형 공동체 주택공급과 개량을 지원하고, 열악한 저층 노후 주거지나 안전등급 D, E 지역 등 공공개입이 필요한 지역의 정비사업을 보완한다.

일자리 창출 | 도시재생 뉴딜정책은 지역 특성에 부합하는 성장동력산

업, 청년창업 지원 프로그램, 법무·재무·마케팅 등 종합서비스 공동
지원사업, 역세권 청년주택 개량·정비 지원 등을 통해 새롭고 다양한
일자리 창출을 목표로 한다. 특히 청년 일자리 창출에 중점을 두어 도시
재생 뉴딜정책으로 제공되는 유휴공간을 청년의 다양한 창업공간으로
활용하여 일자리 창출에 기여한다. 또한 도시재생 뉴딜정책 사업에 협
력하고 참여할 수 있는 마을활동가, 마을건축가, 지역예술가, 동네상담
사, 사회복지사 등 다양한 지역 재생 전문가를 양성하고 지원한다.

사회적경제 육성 | 도시재생 뉴딜정책은 커뮤니티 활성화, 마을기업
등 사회적 경제주체의 창업 및 대학(전문인력) 네트워크, 컨설팅, 마케팅
지원을 목표로 한다. 특히 재생 체감도가 높고 사회적 가치 구현에 기여
도가 높은 재생 프로그램을 많이 포함하도록 유도하고, 선정대상 선정
(가점 등)과 국고지원 등의 인센티브를 부여한다.

지역의 혁신모델 발굴 | 도시재생 뉴딜정책은 저밀 공용청사 복합화사
업, 역세권 공유지 활용 복합사업, 국공유 재산활용 개발사업, 첨단산
업 기능 유치 등 도심의 새로운 활력 거점으로서 혁신공간을 창출하고
신성장동력을 확보하는 것을 목표로 한다. 특히 지방 중소도시의 지역
어메니티(아름다운 경관과 그 속에 거주하는 사람들의 따뜻함을 포함)를 활용한
창의적이고 도전적 아이디어를 적극적으로 활용하여 이를 실현할 수 있

이재준의 뚜벅뚜벅

도록 지원한다.

3) 도시재생 뉴딜정책의 특성

도시재생 뉴딜정책은 쇠퇴한 구도심의 저층 노후 주거지 정비는 물론 노후화된 기존 주택을 공공기관이 주도하여 공동으로 정비하거나 매입 혹은 장기임차해서 청년, 신혼부부, 저소득층 등의 공공임대주택으로 활용하는 정책이다. 이러한 도시재생 뉴딜정책은 저성장시대의 경제위기를 극복하는 정책이자 도시경쟁력을 강화하는 도시혁신정책, 다양한 도시의 문제를 처방하는 융·복합적인 정책의 특성을 갖는다.

첫째, 도시재생 뉴딜정책은 경제위기를 극복하는 정책이다. 도시재생 뉴딜정책은 1930년대 미국의 재정지출 확대를 통한 대공황 극복사례와 같이, 도시재생 분야에 5년 동안 총 50조 원(주택도시기금 50%, 공기업 사업비 30%, 정부 재정 20%)의 공적재원을 집중 투자함으로써 저성장시대의 경제위기를 극복하려는 정책이다.

둘째, 도시재생 뉴딜정책은 도시경쟁력을 강화하는 도시혁신정책이다. 도시재생 뉴딜정책은 인구유출, 고령화, 산업기반 약화 등으로 성장

동력이 급격히 약화되어 가는 지방도시에 새로운 산업여건으로 일자리를 창출하고 집약적으로 도시를 정비하여 도시경쟁력을 강화하려는 도시혁신정책이다.

셋째, 도시재생 뉴딜정책은 융·복합적인 정책이다. 도시재생 뉴딜정책은 4차 산업혁명에서부터 미세먼지, 녹색교통, 스마트시티, 첨단산업 등[72] 도시의 다양한 문제들을 종합적이고 복합적으로 처방하여 도시민의 삶의 질을 높일 수 있는 융·복합적인 정책이다.

03

도시재생 뉴딜정책의 성공을 위한 10가지 방향

　　도시재생은 공공의 전유물만도 민간의 수익사업만도 아니다. 해외 선진국의 경험에서도 볼 수 있듯이 쇠퇴한 지역의 재생이 성공하려면 공공과 민간의 협력이 반드시 필요하다. 그간 도시재생 추진이 더딘 이유 중 하나는 토지 확보가 어렵다는 점이었다. 근린재생형의 경우 계획의 경직성과 장기성으로 인해 활성화 지역 내 거점이 되는 커뮤니티 센터나 공동작업장 등을 건설할 토지의 확보가 그리 쉽지 않았다. 경제기반형 활성화 지역 역시 민간 참여가 확정된 곳은 지지부진하다. 이렇게 도시재생사업이 부진한 이유는 무엇일까?

　도시재생은 쇠퇴한 지역을 대상으로 하기 때문에 별다른 지원이나 장치가 없으면 사실상 민간이 추구하는 수익성은 거의 없는 사업이라고 할 수 있다. 그럼에도 도시재생은 쇠퇴지역에서 공공성과 수익성을 모두 확보해야 하는 매우 어려운 사업이다. 이를 잘 추진하기 위해서는 무엇보다 국공유지나 시설, 빈집 등 해당 지역의 재생 목적에 맞추어 쉽게 활용 가능한 공간이 확보되어야 한다. 이를 중심으로 사업시행자나 총괄사업관리자에게 계획권이나 용도 선정 등을 할 수 있는 가칭 거점구역제도의 도입이 필요하다. 이와 동시에 민간 주체가 사업에 참여할 수

이재준의 뚜벅뚜벅

있는 투명한 절차를 구축하는 것도 마련되어야 한다. 이러한 측면에서 도시재생 뉴딜정책을 성공적으로 추진하기 위해 다음과 같은 방안을 제안하고자 한다.[73]

지속적인 도시재생 뉴딜정책의 홍보와 교육

정부가 홍보 및 교육 자료, 사업 가이드라인을 제시한 후 지자체, 공기업, 민간기업, 주민에 이르기까지 도시재생 뉴딜정책이 무엇인지 충분히 설명하고 이해를 구하는 과정이 필요하다. 또한 도시재생 뉴딜정책 사업에 참여하고 주체적으로 나아갈 행정가와 전문가, 활동가, 주민 공동체를 육성할 필요가 있다.

정부체감형에서 국민체감형 정책으로 전환

도시재생 뉴딜정책은 국민이 체감할 수 있는 지자체 및 주민참여 중심의 국민 체감형 정책으로 추진되어야 한다. 이를 위해서는 주거지 정비, 일자리 창출, 부담 가능한 공적임대주택(연간 17만 호 중 5만 호 이상 확보) 등의 사업을 중점적으로 추진해야 한다. 지역 맞춤형 성장동력을 확충하여 새로운 혁신적인 도시를 창조하여 국민 체감도를 높이는 것이다.

정책공모 방식에서 지자체(공기업 포함) 제안 방식으로 전환

기존 중앙정부 중심의 획일적인 하향식 정책공모 방식에서 주민참여에 기초한 지방자치단체와 공기업의 상향식 제안 방식으로 정책을 전환하는 것이 시급하다. 제안 방식은 사업의 획일성을 방지하고 지자체와 주민들의 창의성을 존중해 내 삶이 바뀌는 지역 맞춤형 상향식 방식이다. 정부는 가이드라인을 제시하되 창의적인 지방자치단체와 공기업의 제안서를 평가하여 선정되면 포괄적인 국고지원으로 전환해야 한다. 제안 방식은 주민참여의 다양한 방식을 의무화하여 사업추진 과정에서 민의를 수렴하는 직접민주주의 장으로 전환, 주민자치와 지방분권을 강화하는 것이 필요하다.

하드웨어와 소프트웨어 융·복합으로 전환

기존의 도시재생사업이 도로, 주차장, 공원 등의 물리적인 하드웨어 방식이었다면, 도시재생 뉴딜정책은 사회적 경제, 문화예술, 사회복지 등의 소프트웨어 방식으로 전환하여 일자리 창출과 도시경쟁력을 강화해야 한다. 기존의 하드웨어 방식의 물리적 재생과 소프트웨어를 융·복합하여 도시혁신으로 경쟁력을 확보해야 한다. 이를 위해서는 4차 산업혁명의 테스트베드로서 스마트시티 구현, 빗물·태양광·풍력 등 신재생에너지 시설, 문화예술인들의 창의적인 디자인 등 다양한 분야의 사업과 전문가들이 적극적으로 연계하고 참여할 수 있도록 유도해야 한

다. 정부는 하드웨어와 소프트웨어 융·복합 사업방식을 예시하고, 다
양한 전문가와 활동가들이 참여할 수 있도록 평가와 지원을 동시에 추
진할 필요가 있다.

물리적인 하드웨어
(임대주택, 주차장, 혁신공간 등)

＋

창의적인 소프트웨어
(사회적 경제, 문화예술, 복지 등)

정부와 지자체의 정책 추진체계 강화

정부의 정책 추진체계는 국무총리실 산하의 재생특위 내 실무위원회
를 신설·운영하여, 정부부처별 재생 관련 사업을 조정하는 컨트롤타워
기능을 강화해야 한다. 궁극적으로는 부처별 재생사업의 원활한 연계
를 위해 재생특위를 대통령 직속 위원회로 격상할 필요가 있다. 또한 특
별법 개정으로 재생특별회계 또는 도시재생기금을 설치하여 재원 확보
를 유도할 필요가 있다. 지자체 정책 추진체계는 행정, 주민, 공기업, 활
동가 등이 협력하는 도시재생사업추진단을 신설해 사업 발굴 및 협력과
추진을 이끄는 실무 차원의 조직을 신설·운영할 필요가 있다.

도시재생 전담조직과 중간지원조직 활성화

정부는 도시재생지원센터, 사회적경제지원센터, 마을만들기지원센
터, 주거복지지원센터, 지역 연구원, 지방대학 등과 같은 도시재생 전담

조직과 중간지원조직이 활성화되도록 육성·지원해야 한다. 특히 아직 미숙하지만 사회적 경제조직(사회적 기업, 협동조합 등), 총괄 코디네이터, 마을재생활동가 등을 도시재생 뉴딜정책 사업의 하위 파트너가 아닌 주요 주체로 인정하고, 육성·지원하는 정책을 병행해야 한다.

특히 지역 단위로 재생사업을 지속적으로 지원하는 마을재생활동가는 주민조직가이며 주민지원자, 갈등관리자, 촉진자 역할을 수행할 수 있다. 새로운 일자리 창출 차원에서 도시재생 뉴딜정책 지역별로 2~3명의 마을재생활동가를 배치하여 도시재생 교육, 집수리 및 복지상담, 재생사업 발굴, 소규모 정비사업 지원 등의 역할을 수행하도록 해야 한다. 또한 지속가능한 도시재생을 위해서 지역 공동체를 대상으로 지속적인 역량강화 교육을 시행하여 주민의 적극적인 참여를 유도할 필요가 있다.

민간 경험과 재정투자 유도

기존의 도시재생은 공공 재원 투입이 끝나면 추진 동력이 사라져 일회성 사업으로 전락했다. 이를 교훈 삼아 민간의 경험과 재정투자를 적극적으로 끌어들일 수 있는 전략이 필요하다. 적극적인 민간참여를 유도할 수 있도록 행정절차 간소화는 물론 일본의 도시재생긴급정비지역과 같은 행정적·재정적 지원을 할 수 있는 도시재생특구 신설, 취득세·재산세·법인세 등 세금감면 혜택, 각종 부담금 면제, 주택도시

이재준의 뚜벅뚜벅

기금 저리 융자, 보조금 등의 각종 인센티브를 강구할 필요가 있다. 아울러 공공 일방에 의존하는 구도가 아닌, 공공−민간 파트너십Public-Private Partnership을 형성하여 각 주체가 가진 자원과 능력을 극대화하는 방안이 필요하다.

또한 기존에 중앙정부와 수도권으로 자원이 집중되고, 전국적으로 도시쇠퇴가 지속되고 있는 상황에서, 도시재생은 골고루 잘사는 전국을 만들어내기 위해 지방분권 강화 및 균형발전을 목표로 한다. 다만 도시재생사업지구로 지정되면 땅값과 집값이 오르고 다양한 개발 사업을 기대하기 때문에 부동산 투기가 유발될 수 있다. 따라서 부동산 투기 방지 대책도 아울러 마련해야 한다.

둥지내몰림(젠트리피케이션) 방지 대책

도시재생을 통해 매출액이 증가하는 반면에 임대료가 급속도로 상승하여 소상공인들이나 임차인들이 쫓겨나고 대형 프랜차이즈 업체들이 그 자리를 대신하여 지역정체성이 사라지는 둥지내몰림(젠트리피케이션) 같은 부작용이 발생할 수 있다. 이에 사업계획을 수립할 때 임대인과 임차인의 상생협약 체결 및 임대등록제 의무화, 임대료 · 임대기간 안정화 구역 운영, 공공상가 등 시민 자산화 사업 등의 다양한 대책을 마련해야 한다. 또한 재생특별법에 임대료 상승폭 제한, 의무임대기간 등을 명시하거나 둥지내몰림 부작용 방지 법률을 별도로 마련할 필요가 있다.

부동산 투기 방지 대책

도시재생 뉴딜정책은 주민역량과 사업여건이 충분히 성숙한 지역을 중심으로 추진하는 것을 원칙으로 하되, 부동산 안정화 정책이 동시에 추진된다는 것을 충분히 시장에 주지시킬 필요가 있다. 향후 부동산 동향에 대한 현장 모니터링을 더욱 강화할 필요가 있고, 부동산 투기과열 지역은 시기 조절이나 정책 사업대상에서 제외하는 방안이 적절하다.

지방분권 강화 및 균형발전

현재 우리나라는 수도권으로 자원이 집중되는 반면에 전국적으로 도시쇠퇴가 지속되고 있는 중이다. 최근 지역경제를 좌우하는 주력산업들이 무너지고 있으며, 노후 주거지 및 생활여건 개선이 어려운 실정이다. 지방자치 20년이 훌쩍 넘은 현재 지방분권은 아직도 '미성년' 상태로, 주민주도의 정책 결정을 통한 민주주의를 실현하기 어려운 상황이다.

지방분권을 이루기 위해서는 중앙정부 권한을 지자체로 이양하고, 지방재정을 확충하여 지방분권을 추진하며, 주민자치 확대를 통한 지역 현장에서의 풀뿌리 민주주의를 구현해야 한다. 또한 균형발전을 위해 지역이 가진 잠재력을 극대화하여 자립적 성장기반을 마련함으로써 중앙 대 지방, 지방 대 지방 간의 경제·사회적 격차를 해소해 나아가야 한다. 전국을 고르게 발전시킨다는 강력한 의지를 국정과제로 실현해야

이재준의 뚜벅뚜벅

한다. 이러한 분권형 균형발전 정책 중에서 지역의 특화발전과 자립성
장을 중점 지원하는 도시재생 뉴딜정책은 가장 현실적인 지방분권 강화
및 균형발전 정책이다. 따라서 지역의 발전역량을 극대화하고 균형성장
을 위한 토대를 마련하는 차원에서 도시재생 뉴딜정책을 성공적으로 추
진할 필요가 있다.

04

국내외 도시재생사업의 사례와 교훈

도시재생사업은 그동안 국내외적으로 다양하게 이뤄졌다. 주로 슬럼화된 주거지 재생사업이나, 쇠퇴한 중심시가지 활성화사업, 생활환경개선을 위한 마을만들기사업 등 그 유형은 매우 다양하다. 또한 지역사회와 주민들의 적극적인 협력을 통해 재정적 · 환경적으로 지속가능하게 추진된 사업들은 대체로 성공적이었다. 이러한 성공적인 재생사업 중 특히 참여와 협력을 통해 재생사업의 경험과 사례를 중점적으로 살펴보고자 한다.

도시의 불균형을 극복하기 위한 도시재생사업은 국내외적으로 많은

이재준의 뚜벅뚜벅

사례가 있다. 재생사업은 1950년대의 도시재건축Urban Reconstruction과 1960년대의 도시활성화Urban Revitalization, 그리고 1970년대와 1980년대의 도시재개발Urban Redevelopment을 거쳐 1990년대 이후는 도시재생 Urban Renaissance 측면에서 이루어지고 있다. 대체로 영국과 프랑스의 재생사업은 주로 근린지역 재생사업과 연계되었고, 독일은 새로운 도시 개발보다 기존 도시를 우선하는 사업으로, 미국은 커뮤니티 운동과 연계된 중심시가지 활성화사업으로, 일본은 마을 만들기 차원의 재생사업과 연계되어 이뤄졌다. 또한 우리나라는 최근 공공 측면의 정책 공모사업이 마을 만들기[74]와 연계되어 재생사업이 추진되고 있다.

1) 국외 대표적인 재생사업 사례

독일의 문화예술 재생사업 | 독일은 1970년대 이후 구도심의 사회·환경 문제를 해결하고자 정책적으로 재생 사업을 도입했다. 독일의 재생사업은 경제적 이익과 공공성을 회복하는 차원에서 전통과 역사보전, 환경을 중요시하는 측면에서 이뤄졌다. 최근에는 도시재생사업에서 시민참여, 민주적 절차와 방법이 매우 중요시되고 있다. 이전적지를 활용한 독일의 대표적인 문화예술 재생사업으로 우파파브릭UFA Fabrik과 란트샤프트 공원Landschaft Park을 꼽을 수 있다.

우파파브릭 | 베를린에 있는 우파파브릭UFA Fabrik은 주민들의 적극적인 재생 의지와 협력으로 성공한 사례다. 독일의 베를린 남쪽 시내 중심가인 포츠담 템펠호프Potsdam Tempelhof에 생태적이며 대안적인 삶을 꿈꾸는 예술가들이 모여 만든 '우파파브릭'이란 마을이 있다. 이곳은 국내에는 대안공동체, 생태마을, 친환경에너지, 대안학교 등으로 더 많이 알려진 마을이다. 우파파브릭이 생태공동체나 대안학교로 알려지기 이전에는 예술가들이 운영하는 예술가 공동체였다.

2차 세계대전까지만 해도 우파파브릭은 독일영화의 본거지였던 우니베르줌 영화사Universum Film Aktien Gesellschaft, UFA의 촬영소였다. 그러다 베를린 장벽 설치 때문에 이곳이 문을 닫게 되자 30년 가까이 방치되었다. 1979년 예술가 공동체가 이렇게 방치된 공간을 대안적인 생태마을이자 공동체로 재탄생시켰다. "다르게 생각하고 삶을 변화시켜라To think another way and change life"라는 슬로건을 갖고 예술인들이 문화공간으로 한동안 활용하다가 공장주들의 제안으로 1979년에 복합문화공간으로 본격적으로 조성된 것이다.

'우파파브릭의 두 번째 삶Das Zweite Leben der UFA'을 기치로 내세웠던 예술인들은 유일한 삶과 노동의 프로젝트 '베를린 우파파브릭 국제문화센터Internationale Kulturcentrum ufaFabrik Berlin'를 열었다. 당시에 모인 예술인들이 주로 재생이라는 테마로 실험적 예술에 몰두했기 때문에

이재준의 뚜벅뚜벅

우파파브릭은 버려진 재료들로 창작활동을 여는 페스티벌을 자연스럽게 시작하면서 성공에 이르렀다.

우파파브릭에는 생활문화 프로그램부터 예술가 협업까지 다양한 길드를 통해 경제적으로 자립하면서 오늘날의 우파파브릭으로 자리 잡았다. 대표적인 길드조직은 공동체자립센터NUSZ, 국제문화센터IKC, 자유학교die Freie Schule, 빵집과 신형 화목오븐 제과점, 유기농가게, 게스트하우스, 어린이서커스학교, 삼바학교인 테라 브라질Terra Brasilis, 올레 카페Das Cafe Ole 등으로 공동체가 추구하는 삶의 철학을 잘 엿볼 수 있다.

공동체 자립센터NUSZ는 이웃들을 대상으로 문화뿐만 아니라 사회, 건강, 가정문제 등을 지원하고, 국제문화센터IKC는 국제적인 문화와 문화교류를 지원하면서 남녀노소를 막론하고 모두가 함께 참여하여 즐길 수 있는 다양한 문화 프로그램과 축제 등을 연출하고 있다. 베를린 중심부에 위치한 우파파브릭은 현재 연간 30만 명 이상이 방문하는 도시형 생태마을이자 문화공간, 교육공간이라는 복합적인 문화생태 공동체로 잘 발전하고 있다.

란트샤프트 공원 | 란트샤프트 공원Landschaft Park은 독일의 대표적인 철강기업인 티센Thyssen 공장을 재활용한 독일 최대 규모의 환경공원이

이재준의 뚜벅뚜벅

자 생태교육의 장이다.[75] 독일인들은 이 공원을 '라파두LaPaDu'라고 줄여서 부르고, 지역민들은 '란디Landi'라는 귀여운 애칭으로 부른다.

원래 이 부지는 유럽 최대의 공업단지로 명성을 떨쳤던 루르 지역으로, 1970년대 탈공업화의 영향으로 주요 산업인 석탄광업과 제철공업이 몰락하는 바람에 공장과 석탄채굴장이 폐쇄된 채 방치되어 있었다. 독일 정부와 뒤스부르크 시는 이곳에 방치된 공장들을 철거하려는 정책을 추진했으나, 주민들의 강한 반대로 철거보다 환경공원으로 재생하는 사업을 추진했다.

조경가 피터 라츠를 주축으로 도시계획가, 건축가, 환경전문가 등 다양한 분야의 전문가들이 참여해서 옛 제철소 건물을 그대로 보존한 채 공원으로 재창조했다.[76] 부지 내 기존 자재를 실어 나르던 철로는 산책공원으로, 높이 66m에 달하는 용광로 시설은 전망대로, 제철소 용광로 가스저장탱크는 스킨스쿠버 훈련장으로 바뀌었다. 또한 제철소 석탄저장고 외벽은 클라이밍 체험장으로, 웅장한 제철소 내 대형송풍기, 발전기, 모터들이 모여 있던 건물은 현재 실내 콘서트홀, 연극 · 영화 상영관, 댄스파티홀로 이용된다.

이처럼 폐허나 다름없었던 공장부지를 창조적 발상으로 재생한 란트샤프트 공원에는 약 25억 유로가 투자되었고, 10년간의 재생사업 기간을 거쳤다. 1997년 개장한 이래 현재 연간 50만 명 이상이 방문하는 세계적인 환경공원이 되었다.

프랑스의 이전적지 재생사업 | 1980년대 이후 프랑스는 경제위기와 슬럼화된 주거 등의 도시문제를 해결하는 방안으로 도시재생을 도입했다. 최근에는 심각하게 쇠퇴한 도시취약지역에 대해 종합적이고 지속가능한 국가정책으로 도시재생을 추진하고 있다. 프랑스의 재생사업으로 대표적인 것은 프롬나드 플랑테Promenade Plantee와 라 빌레트 공원La Villette Parc이다.

프롬나드 플랑테 | 파리 시에 위치한 프롬나드 플랑테Promenade Plantee는 원래 지금은 바스티유 오페라가 된 바스티유 역에서 베르뇌유 레탕을 잇는 고가철도의 일부였다. 1859년 운행을 시작한 이 고가철도는 1969년 12월을 마지막으로 오랫동안 방치되어 있었다. 서울의 고가도로를 철거한 것처럼 처음에 파리 시는 프롬나드 플랑테를 철거하려고 했다. 주변에서 발생하는 교통난을 해소하기 위해 고가철도를 철거하고 새로운 도로를 내는 것을 염두에 둔 것이었다. 하지만 주변 지역의 재생을 위해 파리 시는 고가철도를 보존하고 도심 속 녹지공간으로 재탄생시키기로 결정했다.

재생사업으로 결정되자 프롬나드 플랑테의 고가철도는 1980년 공사를 시작하여 1994년에 마쳤다. 파리 시가 주도하고 조경가 자크 베르젤리와 건축가 필리프 마티유가 디자인한 이곳은 벽돌로 만들어진 기존의 철도 구조물을 그대로 보존하면서 지역주민들이 여가와 휴식을 즐길 수 있는 녹색정원으로 탈바꿈했다. 고가철도의 상부에는 넓이 6만 5,000 ㎡, 총길이 4.5km의 산책로와 공중정원이 조성되어 있다.

도심에 녹지공간을 확보하고 관광코스를 개발한다는 목적으로 이곳에는 상업시설이 전혀 없다. 대신 보행전용 선형공원, 아틀리에, 산책로, 장미정원, 광장, 어린이 놀이터 등으로 구성되어 공원을 거닐면서 울창한 나무와 꽃 등 자연을 보는 즐거움이 있다. 특히 철로의 상부는 산책로와 공원으로, 하부는 예술가들과 수공업자들의 작업공간 등과 같은 여러 상업과 문화 공간으로 활용되고 있다.

10여 미터 위에 있는 고가철도는 건물 3층 정도 높이인데, 주변 빌딩들과 눈높이를 같이 하고 있어 이곳을 걸으면 마치 파리의 지붕을 걷는 듯한 경험을 할 수 있다. 현재 프롬나드 플랑테는 '예술의 고가다리'라는 뜻인 비아뒤익 데 자르Le Viaduc des Arts라고[77] 불리며, 각종 수공예 전시품을 비롯한 아름다운 가게들이 들어선 걷고 싶은 거리로 자리 잡았다.

라 빌레트 공원 | 파리에 위치한 라 빌레트 공원La Villette Parc은 원래 가축 도축장으로 사용되다가 방치된 곳으로, 파리에서 가장 넓은 이전적지 공간이었다. 프랑스 정부는 방치된 라 빌레트를 미래의 프랑스와 파리의 경제·문화의 중심공간으로 활용한다는 비전을 수립하고, 정부가 직접 10억 프랑을 투자하면서 재생사업이 시작되었다. 이제는 미래형 도시를 만들기 위한 현대 첨단과학기술의 발전상을 집약해 놓은 과

학단지이며, 3차원의 동선으로 계획된 움직임이 있는 현대식 공원으로 재생되었다.

30헥타르에 이르는 라 빌레트 공원은 국제현상설계 공모전에서 건축가 베르나르 추미의 계획안이 1등으로 당선되어 도시 속에 공원을 비롯해 음악대학, 무용학교, 과학관 등을 수용하는 재생사업으로 본격화되었다. 현재 라 빌레트 공원은 산책이나 축제공간으로 잘 활용되고 있으며, 공원 안팎에 있는 과학산업관, 그랜드홀, 음악 도시 등과 잘 연계되어 파리의 문화적 중심지 역할을 충실히 담당하고 있다.

미국의 걷고 싶은 공원 재생사업 | 1990년 이후 미국은 주거부족, 빈곤, 위생과 같은 사회·경제적인 문제를 해결하기 위한 방안으로 도시재생을 시작했다. 하지만 최근에는 도시성장관리 차원에서 중앙정부, 지방정부, 민간기업의 협력을 통한 중심시가지 활성화사업으로 발전하고 있다. 미국의 대표적인 재생 사례는 뉴욕의 하이라인 공원High Line Park이다.

하이라인 공원 | 뉴욕 맨해튼의 하이라인 공원High Line Park은 뉴욕 시에 위치한 2.3㎞ 길이로 하늘 위에 떠 있는 공원이다. 파리 시의 프롬나드 플랑테에서 영감을 얻어, 맨해튼의 로어 웨스트사이드가 운행했던 1.45마일(2.33㎞)의 고가 화물 노선에 꽃과 나무를 심고 벤치를 설치해서

이재준의 뚜벅뚜벅

녹색길로 재탄생한 공원이다.

원래 하이라인High line은 30년 이상 흉물로 방치되어 시민들이 오랫동안 철거 요구를 해왔다. 1999년 뉴욕 시장이었던 루디 줄리아니Rudy Giuliani는 철거 결정을 내렸다. 그런데 당시 화가였던 로버트 해먼드와 작가인 조슈아 데이비드가 주축이 된 비영리단체 '하이라인 친구들Friends of the High Line'이[78] 철거보다는 시민을 위한 공원을 만들자는 운동과 소송을 벌여 정책변경을 이끌어냈다. 결국 2004년 뉴욕 시가 이 제안을 받아들여 하이라인은 공원재생사업으로 추진하게 되었다.

2003년에는 '하이라인 친구들'이 주최한 설계 아이디어 공모전에 36개국 720점의 작품이 참여했고, 이어 2004년 설계 공모전을 통해 최종 설계도가 선정되었다. '단순하게, 야생 그대로, 조용히, 천천히'라는 가치 아래 하이라인 재탄생 계획이 진행되었다. 2006년 4월 기공식을 시작으로 2014년 마침내 제3구간까지 오늘날의 하이라인이 완성되었다. 원래는 현재보다 더 길었지만 도시성장과 개발로 대부분 철거되었고, 남아 있던 2.3㎞ 구간을 재생시켜 오늘날의 모습을 갖춘 것이다.

철로에 있던 모래와 흙, 자갈, 콘크리트는 제거되고 남은 철제와 콘크리트 구조물은 새롭게 배수와 방수 작업을 거쳤다. 그런 다음 흙을 깔아 정원을 꾸미고 산책로를 설치하면서[79] 녹색공원의 모습을 갖추게 되었다. 하이라인은 시민들이 힘을 모아 씨를 뿌리고 싹을 틔운 경우이다.

이재준의 뚜벅뚜벅

현상공모를 통해 다양한 아이디어를 도출했고, 지역민의 경제권을 침해하지 않는 측면에서 방치된 철도를 자생적으로 조성한 점에서 성공적인 공원재생사업이라 할 수 있다. 아울러 최근 서울역 녹색 고가 보행로의 좋은 벤치마킹 사례였던 하이라인 공원이 완성되면서 지역 부동산 개발이 더욱 활발해졌다.

일본의 이전적지 문화예술 재생사업 | 1990년대 일본은 버블경제 붕괴 이후에 국가경쟁력을 강화하기 위한 국가전략으로 도시재생을 정책화했다. 2001년 고이즈미 내각은 도시재생본부를 중심으로 경기부양의 경제적인 목표와 낙후된 도시를 풍요로운 생활공간으로 조성한다는 전략적인 목표로 도시재생을 추진했다. 이전적지를 주민들이 문화예술 공간으로 훌륭하게 재탄생시킨 '가나자와 시민예술촌'이 성공한 재생사업으로 꼽힌다.

가나자와 시민예술촌 | 가나자와金澤는 호쿠리쿠北陸 지역의 최대 도시로, 전통공예와 문화예술로 유명한 곳이었다. 가나자와는 한때 상공업 중심지로 번영했으며, 비교적 전통문화와 유물, 도시경관 등 옛 모습 그대로 보존되어 있던 도시였다. 하지만 메이지유신 이후 도쿄, 오사카 등에 비해 공업화가 늦어지면서 평범한 지방도시로 전락했다.

이렇게 한동안 평범한 도시에 불과했던 가나자와가 최근 문화 · 예술·교육 중심의 창조도시로 재탄생하면서 2009년 6월 일본 최초로 '유네스코 창조도시 네트워크Craft & Folk Art'의 일원이 되는 등 일본을 대표하는 문화도시로 새로운 명성을 얻고 있다.[80] 가나자와 시는 도시재생사업 과정에 주민참여를 이끄는 데 큰 힘을 썼다. 지역주민들에게 창조적 활동을 장려해서 폐업한 방적공장과 벽돌창고를 음악, 에코라이프, 아트공방과 같은 작업실로 바꾸는 데 성공한 것이다. 이것이 바로 가나자와 시민예술촌이다.

또한 과거 학교가 이전한 자리에는 '21세기 미술관Twenty-First Century Art Museum'을 건립했다. 토지 구입비를 포함해 200억 엔을 들여 완공한 이 미술관은 2012년까지 이미 328억 엔의 경제적 파급효과를 만들어냈다. 개관한 지 1년 만에 가나자와 시 인구의 3배를 훨씬 넘는 157만 명이 방문했으며, 매년 150만 명 이상이 꾸준히 찾는 명소가 된 것이다.

한편 시 외곽에 있는 '창작의 숲'도 주목할 만하다. 본래 이곳은 전통 민가들을 보존해 놓은 사립박물관 터였지만 시민들이 판화, 염색, 직조를 체험할 수 있는 문화공간으로 변모했다. 전통과 창작을 갈망하는 시민들과 숲이 조화를 이루면서 가나자와의 전통을 계승하는 효과도 얻고 있다.[81]

가나자와 사례는 단순히 전통문화를 계승하는 데 그치는 것이 아니라 현대예술과의 조화를 이뤄냄으로써 새로운 문화 도시재생의 비전을[82] 제

이재준의 뚜벅뚜벅

시행했다는 데 그 의의가 있을 것이다. 물론 그 과정에는 지역주민들의 적극적인 참여가 있었다. 전통과 현대 그리고 주민참여라는 삼위일체를 이루었기 때문에 가나자와는 세계가 주목하는 문화도시로 거듭날 수 있었다.

2) 국내 대표적인 재생사업 사례

우리나라 도시재생사업은 2000년대 이후 부동산 경기침체로 유명무실해진 뉴타운 사업과 재개발·재건축을 대체하고 있다. 즉 도시재생사업은 낙후된 도심을 재생시키는 방안으로 각종 정책 공모사업이 추진되면서 시동을 걸기 시작한 것이다. 중앙정부 부처마다 다양한 정책 공모사업을 추진하고 있으며, 가장 대표적인 사업은 국토교통부의 도시재생 선도사업이나 도심 활력 증진사업이다.

또한 서울시의 시민공동체사업, 경기도 따복마을사업, 수원시 마을 르네상스사업 등과 같이 지방정부의 마을 만들기 공모사업도 점차 정착되고 있다. 한국의 도시재생사업은 주로 중앙정부와 지방정부의 정책 공모사업을 중심으로 추진되고 있기 때문에 청주시, 순천시, 수원시 등의 대표적인 사업을 살펴보기로 한다.

**청주시의 이전적지
재생사업**

청주시는 독일의 우파파브릭과 같이 연초제조창 이전적지를 활용한 문화예술 재생사업을 추진하고 있다. 청주 연초제조창 문화예술 재생사업은 청주시 청원구에 위치한 옛 연초제조창 일원 1.36㎢에서 추진되는 국토교통부의 경제기반형 도시재생 선도사업이다. 국비 1,300억 원, 시비 378억 원, 민간 1,718억 원 등 총 3,114억 원이 투입된 사업으로, 2014년부터 2018년까지 추진된 대규모 프로젝트다.

주요 사업내용은 선도지역 마중물사업, 국립현대미술관 청주관 건립 등 부처협력사업, 민간참여사업 등으로 나누어 추진되었다. 이 가운데 민간참여사업은 복합문화레저시설 건립사업 682억 원(본관동 일부·주변 공지), 비즈니스센터·호텔 938억 원(본관동 북측 전면부), 정주시설 스튜디오 레지던시·행복주택 98억 원(동부창고 부지 남측부) 등 3가지 사업으로, 경제기반형 도시재생 선도사업 중에서도 주요 핵심사업이다. 이와 같이 청주시 연초제조창 재생사업은 현재 국내 재생사업 중 가장 선도적으로 추진되었다.

**순천시의 원도심
역사문화 재생사업**

순천시는 일본의 가나자와 시민예술촌 재생사업과 같이 지역의 전통과 문화자원을 활용한 원도심 역사문화 재생사업을 추진하고 있다. 순천시의 원도심인 중앙동과 남대동 일대는 원래 1990년 초반까지만 해도 활기가 넘쳤던 곳이었다. 그러나 2000년대 들어 법원과 검찰청, 교육청, 세무서, 우체국 등의 공공기관까지 다른 곳으로 이전하면서 원도심 일대가 급속한 공동화空洞化 현상을 겪었다.

이처럼 황폐한 원도심 지역을 활성화하기 위해 순천시는 먼저 재생사업의 마중물 역할 사업으로 2009년부터 2011년까지 20억 원을 투입해 250m 구간에 '문화의 거리' 재생사업을 추진했다. 비어 있던 점포에는 영업과 창작활동을 펼치는 예술가들이 사용하도록 하여 연 400만 원의 임대료를 지원하여 문화예술복합공간을 만들기 시작해 자연스럽게 문화의 거리로 재생시켰다. 또한 중앙동 도심 지하 200m 구간의 지하상가에 '순천 씨내몰'을 조성하여 청년 아이디어몰, 식음료몰 등 특색 있는 업종들을 입점시키고, 전시공간과 소극장도 마련해서 원도심 활성화에 활력을 불어넣었다.

이러한 마중물 역할 사업들을 토대로 최근 순천시는 국토교통부의 도시재생 선도사업(200억 원), 문화체육관광부의 순천부읍성 복원을 통한 역사문화 관광자원화 사업(250억 원), 지역발전위원회의 취약지구 개선을 위한 청수골 새뜰마을 사업(68억 원), 중소기업청의 원도심 상권활성화 구역선정(134억 원) 등 총 652억 원의 사업비를 투입하여 원도심 역사문화 재생사업을 추진하고 있다. 순천시는 '2013순천만국제정원박람회'를 성공적으로 개최한 도시로서 전국에서 처음으로 '순천만정원'을 국가정원으로 지정받은 친환경적인 도시다. 이러한 측면에서 순천시 원도심 역사문화 재생사업은 현재까지 자연환경과 연계한 친환경적이며 역사문화를 현대적으로 잘 해석하는 재생사업으로 잘 추진되고 있다.

수원시의 원도심 생태교통 재생사업 | 자동차 중심의 도시에서 사람 중심의 도시를 꿈꿀 수는 없을까? 사람 중심의 도시란 먼 거리는 대중교통을 이용하고, 가까운 거리는 도보나 자전거를 이용하여 자동차보다 사람이 우선하는 도시를 말한다. 수원시는 이러한 자동차 중심의 도시에서 보행, 자전거, 대중교통이 중심이 되는 사람 중심의 도시를 원도심 도시재생 차원에서 추진했다.

수원시는 2013년 9월 한 달 동안 ICLEI와 UN 해비타트 공동으로 세계문화유산 수원화성이 위치한 원도심 행궁동 일원에서 세계 최초의 생태교통 국제시범사업Eco-Mobility Festival 2013 Suwon을 개최하면서 원도심인 행궁동 재생사업을 추진했다. 원도심 재생사업은 생태교통 국제시범사업을 준비하면서 가장 낙후된 행궁동 34만㎡ 지역에 수원시가 130억 원을 투자해 도시기반시설을 새롭게 정비하고 자동차보다 보행과 자전거, 대중교통 중심의 수원시로 바꾸고자 한 것이다.

2012년부터 2013년 8월까지 진행된 원도심 재생사업은 수원시가 주로 도로 및 기반시설 개선, 간판정비, 전선지중화, 쌈지공원 조성 등 공공재생사업 중심으로 추진했다. 여기에 마을르네상스 공모사업을 통한

■ ■ ■ **수원시 생태교통마을**(수원시 포토뱅크)

주민들의 자발적인 참여로 다양한 마을만들기사업이 병행되어 원도심 재생사업이 성공적으로 추진되었다.

행궁동은 역사와 문화가 있는 원도심이자 주민들의 힘으로 자동차보다 사람 중심의 주제가 있는 도시재생마을로 점차 발전될 것이다. 향후 행궁동이 생태교통마을로 완전히 정착하려면 베를린의 우파파브릭UFA Fabrik이나 파리의 프롬나드 플랑테Promenade Plantee 재생사업과 같은 성공 사례를 관심 있게 주목할 필요가 있다. 이 사례들의 공통점은 지역 주민은 물론 예술 공동체들의 적극적인 재생 의지와 협력이 뒷받침되었다는 것이다.

3) 성공한 국내외 도시재생 사례의 교훈

현재 저성장시대로 접어든 우리나라는 불행히도 국민적 지혜를 발휘하지 않으면 일본의 잃어버린 20년을 그대로 답습할 수 있다. 이에 새로운 도시정책으로 정착하고 있는 도시재생사업이 친환경적 프레임으로 전환되어야 하고, 지역주민들의 적극적인 협력과 전문가들의 적극적인 참여가 절실히 요구되는 시점이다.

앞서 국내외 도시재생사업을 살펴본 바와 같이 도시재생사업에서는 대부분 이전적지를 활용한 문화예술 재생사업들을 추진하는 과정에서 자연자산이나 역사자산, 문화자산 등을 잘 발굴하고 활용하는 것이 중요했다. 또한 지역주민들의 참여와 협력을 통해 성공한 사례를 보면 향후 물리적 재생뿐만 아니라 다양한 이해관계자들의 참여와 협력이 재생사업 성공의 가장 중요한 열쇠임을 잘 보여주고 있다. 따라서 향후

이재준의 뚜벅뚜벅

다양한 거버넌스 참여와 협력방안에 대한 시민들의 창조적인 노력이 필요하다.

아울러 국외 사업은 대부분 '공공주도형'에서 시작해 '민간주도형'으로 나아가고, 이어 '주민주도형'으로 완성된다. 그러나 국내 재생사업들은 아직 '공공주도형'에서 머물러 있는 것을 알 수 있다. 향후 도시재생사업은 무엇보다 조경가의 적극적인 참여가 필요하며, 활동 영역을 '민간주도형'이나 '주민주도형'으로 점차 넓히는 것이 중요하다.

미디어의 주목 ❸

이재준 더불어민주당 수원갑 지역위원장
"도시재생 사업에
장안구 선정되도록 노력했다"

"지난 4년 동안 원외 지역위원장이지만 국회의원이 돼서 뭘 하겠다기보다는 지금 열심히 뛰어서 정부의 도시재생 사업에 우리 장안구가 선정될 수 있도록 노력하고, 또 노력했다."

30일 만난 이재준 더불어민주당 수원갑 지역위원장의 진심 섞인 한마디다. 주택연구소 연구원으로 7년, 협성대학교 도시공학과 교수로 12년, 수원시 제2부시장으로 5년 등 그는 도시전문가로서 둘째가라면 서러울 정도의 경력을 갖추고 있다.

이재준의 뚜벅뚜벅

그는 장안구를 재생시키기 위한 방안으로 '도시재생'과 '1번국도 활성화'를 꼽고 있다. 장안구에는 단독주택 비율이 47.3% 가량인데 그 중에서도 30년 이상된 노후 주택이 많아 도시재생이 절실하다는게 이재준 위원장의 의견이다.

그는 수원시 제2부시장으로 재임 당시 만들어 놓은 20억 원의 수원시 예산과 중앙정부의 지원이 합쳐진다면 '내 집은 내가 집수리로 고친다'라는 정책이 뿌리내릴 수 있을 것으로 믿고 있다.

또한, '1번국도 활성화'는 수원시에서 1번국도가 지나는 곳 중 인계동 구간은 상업시설이 많이 들어선 반면, 북쪽으로 이동할수록 대부분 주거지역으로 분류가 돼 있는데 수원시청과 협의를 통해 올해 말께 상업지역으로의 변경을 시도한다는 계획이다.

이와 함께 북수원지역의 장기미집행도시공원 부지 약 20만평에 '북수원 테크노밸리'를 건설해 수원의 장점인 IT나 로봇, 드론, 생명공학 등의 특화연구 및 벤처 창업단지를 만들 수 있다고 이재준 위원장은 주장하고 있다.

이재준 위원장은 "원외 지역위원장으로 활동하면서 지난 4년동안 지역발전을 위해 최선을 다했다"며 "앞으로도 지역 발전을 뛸 것이고, 더 좋은 민주주의를 위해 최선을 다하겠다"고 덧붙였다.

(2019년 9월 30일 중부일보)

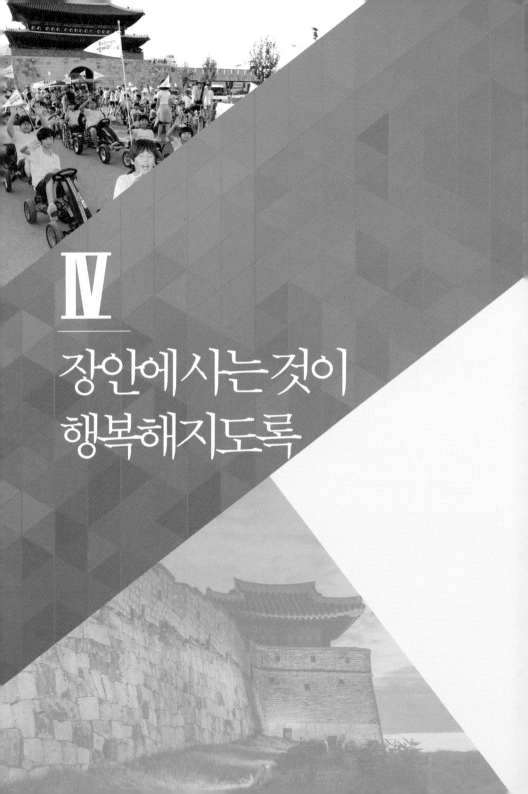

IV

장안에 사는 것이 행복해지도록

살기 좋은 도시란 '삶의 질'이 높은 도시다. 물론 시대에 따라 삶의 질에 대한 기준은 바뀐다. 경제가 어렵던 과거에는 먹고사는 문제가 곧 삶의 질이었다. 그러나 지금은 개인의 행복감이나 자아실현이 더 중요한 기준으로 부각되었다. 최근 영국 주간지 〈이코노미스트〉가 살기 좋은 도시 10개를 선정했는데, 이들의 공통점은 보육, 교육, 응급의료, 복지, 문화, 체육, 교통 등이 잘 갖추어져 있어 자아 욕구를 실현하고 행복감을 느낄 수 있다는 것이다.

Innovation of City

#1

장안의
3가지 비전

1. 경제 활력을 높여줄 북수원테크노밸리

2. 도시재생을 통한 낙후지역의 활성화

3. 삶의 질을 높이는 생활SOC

장안長安은 조선의 부흥과 최대의 르네상스를 이룬 정조대왕의 꿈이었다. 정조대왕은 우리나라 최초의 계획적인 신도시 수원화성을 축성하면서 백성들의 안녕安寧과 '국운이 번창하고 태평한 시대'의 태평성대太平聖代를 꿈꾸며 장안문 현판을 직접 쓰셨다.

그러한 태평성대를 꿈꾸는 장안은 수원시 4개 행정구 중의 하나이다. 그러나 인구 30만의 장안은 최근 유입인구보다 유출인구가 많고, 도시재생 쇠퇴지수가 높아 아파트 평균가격이 가장 낮은 낙후 지역이 되어가고 있다. 다행인 것은 최근 '인덕선-동탄선(2026년)', '구로-수원 BRT(2021년)', '수원역-장안구청 트램(2022년)', '경기대-호매실 신분당선 연장선(2024년)' 등으로 장안은 수원의 최대 교통 요충지로 발전할 것으로 전망된다.

이러한 시대적 변화에 맞추어 정조대왕의 태평성대 꿈을 실현할 수 있는 장안의 미래 성장판을 제안하고자 한다.

01

경제 활력을 높여줄
북수원테크노밸리

통계청이 발표한 장래인구특별추계 50년 뒤 한국사회는 노인의 나라가 된다고 예고했다. 최근 20년간 역대 정부별 국내 잠재성장률이 지속적으로 1%씩 하락한 대한민국은 이미 저성장시대를 맞이했다. 지금과 같은 저성장시대에 발표된 저출산율과 고령화 예측은 경제적인 측면에서는 재앙 수준이다. 일할 수 있는 연령층이 급속히 감소해 젊은층이 짊어져야 할 고령자 부양 부담도 걱정이지만, 이젠 성장보다 구조적인 저성장 추세가 고착될 것으로 전망되기 때문이다.

**지역의 성장판이 열려야
국가경제가 활성화된다**

이런 구조적인 저성장시대의 경제성장 해법은 사실 간단하지 않다. 과거 성장시대와 같이 '경제개발5개년계획'이나 '국토개발종합계획' 같은 국가 단위의 정책으로 처방할 시기는 이미 지났다. 이제는 국가 단위의 정책과 지역 단위의 정책을 병행해야 한다. 이를 암시하는 것이 문재인 대통령의 올해 신년사다. 경제성장을 위해서는 국가적 노력도 중요하지만, "지역의 성장판이 열려야 국가경제가 활성화된다."라며 지역적 노력도 강조했다. 지역 스스로 잠재력이 있는 경제 성장판을 찾아서 노력해야 함을 시사하는 것이다. 이러한 측면에서 수원과 장안 지역의 경제 성장판은 물론 국가경제 성장판으로 '북수원테크노밸리' 조성을 제안한다.

북수원테크노밸리는 4차산업혁명의 ICT를 기반으로 새로운 융복합 기술혁신의 생태계로서 첨단산업단지를 조성해 지역경제의 성장판을 열자는 것이다. 수원은 기존의 삼성전자를 비롯한 ICT, BT, ET, 드론산업, 로봇산업 등 다양한 융·복합의 첨단산업 기반이 잘 갖추어져 있다. 따라서 이러한 환경을 활용해 수원시 북수원 일원의 약 0.5㎢(15만 평) 면적에 R&D연구, 지식산업, 서비스산업 등의 첨단산업단지인 북수원테크노밸리를 조성하면 5만 개 이상의 일자리를 공급할 수 있다. 최근 첨단융합기술로서 국가 성장동력의 산업단지로 성공한 판교테크노밸리를 참고하면 북수원테크노밸리를 쉽게 이해할 수 있다. 북수원테크노밸

리는 '산업생태계 잠재력', '접근성', '부지확보의 용이성' 등의 3가지 측면에서 첨단산업단지로서 타당성이 충분하다.

북수원이 첨단산업단지로 조성 가능한 이유 | 첫째, 장안구 북수원 일원은 첨단융합산업 생태계 잠재력이 풍부하다. 주변에 삼성전자를 비롯한 광교테크노밸리, 판교테크노밸리 등 첨단융합산업 생태계가 풍부하다. 따라서 기존의 삼성전자 등을 활용해 융·복합의 첨단산업과 관련된 R&D연구, 지식산업, 서비스산업 등으로 첨단산업을 발전시킬 수 있다.

둘째, 풍부한 인재 공급도 장점이다. 인근에 성균관대학교를 비롯한 많은 대학이 분포해 우수한 인재공급과 벤처창업기업을 육성할 수 있다.

셋째, 수원 장안구 북수원 일대는 교통 여건이 매우 좋다. 현재 철도 1호선과 북수원 IC가 바로 주변에 입지하고, 가까운 미래에는 교통의 요충지로 발전할 예정이다. '인덕선-동탄선(2026년)', '구로-수원 BRT(2021년)', '수원역-장안구청 트램(2022년)', '양주-수원 GTX-C 노선' 등이 확정되어 첨단산업단지 입지여건을 잘 갖추고 있다.

넷째, 장안구 북수원 일대는 첨단산업단지 용지확보가 용이하다. 북수원 일대의 장기미집행 도시계획시설인 약 3㎢ 이상의 공원용지 중 최소 0.5㎢(15만 평)를 북수원테크노밸리 용지로 활용할 수 있다. 2020년이 되면 법적으로 전면 자동 해제되는 장기미집행 공원용지는 해제 이후 난개발과 부동산 투기가 집중될 것으로 보인다. 따라서 지역의 성장판으로 첨단산업단지인 테크노밸리로 활용하는 것이 지역경제 측면에서 유용하다.

이와 같은 북수원테크노밸리 조성과 관련한 구체적인 실천전략과 방향을 도출하기 위해 2019년 3월 28일(목) 경기도의회 대강당에서 '300인

원탁회의'를 가졌다. 또한 2019년 10월 24일 경기일보 대강당에서 토론회를 열었다. 원탁회의와 토론회 결과 북수원테크노밸리는 수원 장안구 북수원 일원 약 50만㎡에 R&D연구 및 첨단기술(IT, BT 등) 중심의 1,500여 개 기업을 입주시켜 100조 원 매출과 5만 명 이상의 일자리를 창출할 수 있다는 결론이 도출되었다.

또한 북수원테크노밸리를 성공적으로 조성하려면 지역청년 우선채용을 위한 행정 지원(33%), 지하철역 등 교통 접근성 제고(28%), 청년창업자를 위한 공간 제공(15%), 4차산업혁명 등 다양한 교육 제공(15%), 테크노밸리 인근 청년주택 확보(5%) 등이 시급히 검토되어야 할 사항이라는 데 의견을 모았다. 이러한 시민들의 의견을 참고해 지역경제는 물론 국가경제 성장을 위해서는 북수원테크노밸리를 조성하여 지역의 성장판을 열어야 한다.

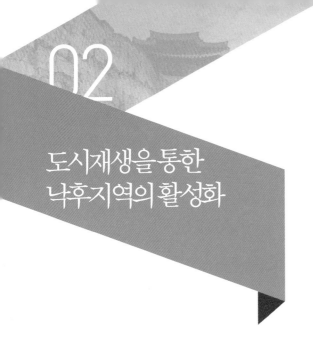

02

도시재생을 통한 낙후지역의 활성화

도시재생은 기존의 낡고 쇠퇴한 도시환경을 개선하고 일자리와 도시의 성장동력을 확충하여 도시의 경쟁력을 높이고자 하는 사업이다. 특히 문재인 정부의 도시재생 뉴딜정책은 매년 10조 원씩 총 50조 원의 예산을 투입해 전국 500개의 쇠퇴지역을 재생시키고자 하는 정책사업이다. 2017년 68곳과 2018년 99곳, 그리고 2019년은 67곳을 정책공모사업으로 진행했다.

그간 수원시는 '수원시 도시재생 전략계획(2018)'을 준비하여 도시재생사업에 비교적 능동적으로 대응하고 있다. 현재까지 수원시는 중앙정부의 도시재생 공모사업에 참여해 행궁동(도시재생사업), 경기도청 주변

(경기도형 도시재생사업), 매산동(도시재생 뉴딜정책사업) 등의 3개 지역을 재생사업으로 추진하고 있다. 아울러 2019년 도시재생 뉴딜정책 공모사업에 연무동과 세류2동을 확정했다.

**장안구에 필요한
도시재생 전략 3가지**

전국적으로 2,200여 곳의 쇠퇴하고 낙후된 지역이 발굴되고 있지만, 수원시 장안구 역시 상대적으로 쇠퇴하고 낙후된 행정구이다. 통상 정부가 적용하고 있는 인구 · 사회(노령화지수, 노년부양비), 산업 · 경제(총사업체 감소, 고차산업 종사자 비율), 물리환경(노후주택 비율, 신규주택 비율, 접도율) 등의 도시재생 지표로 분석할 경우, 장안구는 전반적으로 쇠퇴하고 낙후된 지역으로 평가된다. 이 때문에 장안구는 최근 유입인구보다 유출인구가 많고, 상대적으로 수원시에서 평균아파트 가격이 가장 낮고, 주차장을 비롯해 기초생활SOC가 매우 부족한 것으로 분석된다.

이는 '수원시 도시재생 전략계획(2018)'을 참고하면 명확하다. 장안구의 10개 동을 인구 · 사회, 산업경제, 물리환경 부문 등의 도시재생 지표로 분석할 결과, 특히 연무동과 조원1동이 가장 쇠퇴한 것으로 분석되었다. 또한 영화동, 송죽동, 정자2동은 일반적으로 쇠퇴, 율천동과 조원2동, 정자1동, 정자3동, 파장동은 상대적으로 쇠퇴한 것으로 분석되었다. 이와 같이 낙후된 수원시 장안구를 활성화하기 위해선 다음과 같은 도시재생 전략이 필요하다.

첫째, 장안의 1번 국도변을 상업공간으로 활성화해 도시재생의 중심
축으로 추진해야 한다. 장안의 1번 국도는 현재 인덕선-동탄선(2026년),
구로-수원 BRT(2021년), 수원역-장안구청 트램(2022년) 등으로 향후 교
통의 중요 요충지로 발전될 전망이다. 따라서 장안구 1번 국도변을 상
업공간으로 활성화하여 도시재생의 중심축으로 삼고, 주변의 생활권은
부족한 기초생활SOC를 충족시키는 방향으로 도시재생사업을 추진하는
것이 바람직하다.

둘째, 가장 쇠퇴하고 낙후된 지역은 도시재생 뉴딜사업으로 추진해
야 한다. 연무동과 조원1동은 장안구에서 가장 쇠퇴지수가 높은 곳으로
전국의 구도심 쇠퇴지역과 견줄 수 있는 정도다. 따라서 2019년 주거지
형으로 확정된 연무동 도시재생 뉴딜사업에 이어, 조원1동 역시 향후
전철 역세권과 함께 근린생활형 혹은 중심시가지형 도시재생 뉴딜사업
으로 추진할 필요가 있다.

셋째, 상대적으로 쇠퇴한 지역은 집수리와 집짓기 등 소규모 도시정
비 재생사업으로 추진해야 한다. 먼저 비교적 쇠퇴한 영화동, 송죽동,
정자2동은 수원시지속가능도시재단이 추진하는 마을계획으로 재생방
향을 설정하고, 소규모 도시정비 재생사업으로 추진하는 것이 바람직하
다. 만석공원과 종합운동장 주변은 스포츠와 문화재생의 거점으로 조성

하여 생활과 도시계획이 결합되어야 한다. 또한 상대적으로 쇠퇴지수가 낮은 율천동, 조원2동, 정자1동, 정자3동, 파장동은 집수리와 집짓기 등 소규모 주거정비사업으로 발전시키는 것이 바람직하다.

도시재생은 새로운 도시혁신사업이다. 지역의 여건 및 특성에 맞는 종합적이고 체계적인 도시혁신사업으로 발전되어야 한다. 앞에서 제안한 도시재생 전략을 낙후된 장안구 지역의 미래 비전으로 삼아 혁신적인 도시재생 방향으로 나아가야 하며, 이때 지역주민과의 협의는 물론 합의 역시 필수조건이다.

03

삶의 질을 높이는
생활SOC

살기 좋은 도시란 어떤 도시인가?

대개 여유와 인간미가 넘치는 곳을 '삶의 질'이 높은 도시라고 한다. 삶의 질質이란 시민들의 삶의 만족감, 행복감 등 주관적 기준이긴 하지만, 여러 조건에 부합하는 객관적인 기준이 있기도 하다. 물론 시대에 따라 삶의 질은 바뀐다. 경제가 어렵고 배고팠던 과거에는 1인당 국내총생산GDP과 경제성장률 등이 중요했다. 즉 먹고사는 문제가 곧 삶의 질이었다. 그러나 3만 불 시대인 현재는 먹고사는 문제도 중요하지만, 개인의 주체적인 삶을 추구하는 행복감의 자아실현이 더 중요하다.

최근 영국 주간지 〈이코노미스트〉가 선정한 살기 좋은 도시는 빈(음

악 등 문화유산 풍부), 멜버른(안전하고 편리), 오사카(인프라와 교통편리) 등이
다. 그 밖에 캘거리, 시드니, 밴쿠버, 토론토, 도쿄, 코펜하겐, 애들레
이드 등이 '살기 좋은 도시 톱10'에 선정된 도시들이다. 이 도시들의 공
통점은 보육, 교육, 응급의료, 복지, 문화, 체육, 교통 등이 잘 갖추어져
있어 자아 욕구를 실현하고 행복함을 느낀다는 것이다.

생활SOC가 부족한 장안구

우리는 살기 좋은 도시를 만들 수 없을
까? 우리가 거주하는 도시를 살기 좋은
도시로 만들기 위해선 삶의 질을 높일 수 있는 관련 정책과 시설들을 잘
갖추어야 한다. 최근 정부는 이러한 측면에서 생활SOC의 국가적 최저
기준(2018년)을 마련해 국민이면 어디에 거주하든지 상관없이 적정 수준
의 삶이 보장될 수 있는 포용국가의 기반을 마련하고 있다.

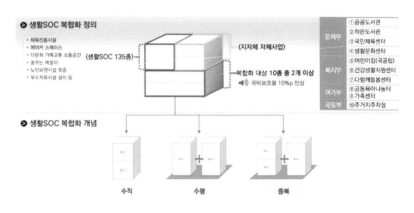

■ ■ ■ **생활SOC**(출처: 국가균형발전위원회)

도로 · 항만 · 공항 · 철도 등 기존의 SOC사회간접자본가 국가자본이라면, 생활SOC는 일상생활의 생활자본으로서 향후 정부 예산을 중점적으로 투자하겠다는 것이다. 생활SOC란 국민이 태어나서 먹고, 키우고, 부양하고, 일하고, 쉬는 일상생활에서 필요한 보육시설, 노인복지시설, 종합병원, 일반병원, 보건시설, 공공도서관, 공공체육시설, 공원시설, 문화시설, 공공주차장 등의 10개 유형으로 분류된다. 이러한 측면에서 국가적 최저기준으로 장안구의 생활SOC를 분석하면 총 10개 유형 중 4개 유형이 '부족'한 시설로 평가된다.

첫째, 공공주차장이 심각하게 부족한 것으로 나타났다. 주차장의 국가적 최저기준은 1대당 주택규모 85㎡ 기준으로 주거지 내 70% 이상의 주차장을 확보해야 한다. 그런데 수원시의 경우 권선구(146.3%), 영통구(125.8%), 팔달구(73.2%)는 주차장 확보율이 국가적 최저기준 이상이지만, 장안구는 23%로 현저히 낮다. 장안구에 국가적 최저기준으로 주차장을 확보하기 위해서는 최소 7만 7,888㎡ 면적을 확보해야 한다. 따라서 생활SOC 차원에서 장안구에 최소 3,000㎡ 면적의 10개(행정동별) 공공주차장을 시급히 확보해야 한다.

둘째, 공공도서관이 부족한 것으로 나타났다. 공공도서관의 국가적 최저기준을 맞추려면 인구 3만 명당 1개 이상 확보해야 한다. 장안의 공공도서관은 최소 10개 이상 있어야 하지만, 현재 6개만 확보된 실정이다. 따라서 생활SOC 차원에서 장안구에 공공도서관 4개 이상을 시급히 확보해야 한다.

셋째, 종합병원이 부족한 것으로 나타났다. 현재 병상 100개 이상 종합병원의 국가적 최저기준은 인구 100만 명 이상 지자체의 경우 최저 5~6개 이상 혹은 차량으로 10분 이내 거리에 있어야 한다. 따라서 생활SOC 차원에서 장안구에 종합병원을 시급히 확보해야 한다.

넷째, 공공체육시설이 부족한 것으로 나타났다. 공공체육시설의 국가적 최저기준은 1인당 생활체육시설 4.2㎡ 이상 면적 혹은 차량으로 10분 이내 거리에 있어야 한다. 현재 수원종합운동장 등의 복합시설은 갖추고 있으나, 축구, 족구, 야구, 테니스, 배드민턴, 탁구 등의 다양한 체육동우회의 욕구에 비해선 턱없이 부족한 실정이다. 따라서 생활SOC 차원에서 장안구에 공공체육시설을 시급히 확보해야 한다.

결국 살기 좋은 장안을 위해선 적정 수준의 삶이 보장될 수 있도록 생활SOC가 잘 갖추어져 있어야 한다. 국가적 최저기준으로 볼 때 장안구에 부족한 4개의 생활SOC를 시급히 확보하려면 정부 예산 반영에 대한 시민들의 요구와 정치적인 노력이 필요하다.

Innovation of City

#2

활력 넘치는
내일의 장안

1. GTX와 장안의 미래

2. 장안의 도시계획적인 토지 활용 방안

3. 정자동 국가공유지의 변신

01

GTX와
장안의 미래

최근 GTX-C 노선이 확정되었다.

수도권광역급행철도 GTX-C 노선

은 기본계획 용역 후 사업자 선정을 거쳐 2022년 공사에 착수할 예정이

다. GTX는 시속 100㎞ 이상(최고 200㎞)으로 운행되는 광역교통수단으

로, 수원에서 서울 삼성역까지 이동시간이 22분 이내로 대폭 단축된다.

그러나 수원역을 GTX-C 출발역으로 설정한 것이 장기적인 수원시 도

시계획 측면에서 타당한지 의문이다. 왜냐하면 수원시 도시계획 측면에

서 도심 교통을 분산시키고 균형발전을 위해선 GTX-C 출발역으로 '장

안구청역'이 대안이 될 수 있기 때문이다.

이재준의 뚜벅뚜벅

장안구청역이 GTX-C 출발역으로
최적인 이유 4가지

첫째, 장안구청역은 수원역 못
지않은 충분한 사업타당성을

갖는다. 원래 금정역에서 수원역으로 연장한 주된 요인은 수익성 보장
의 사업타당성이다. 수원역(B/C 1.36)이 기존 금정역(B/C 0.66)보다 사업
타당성이 높은 이유는 교통 요충지로서 이용객이 많기 때문이다. 현재
수원역은 분당선~수인선, 수도권 전철 1호선, 경부선(KTX 등) 등 3개의

교통 결절점이다. 그러나 앞으로는 장안구청역이 수원역 못지않은 교통 결절점으로 발전될 예정이다.

현재 장안구청역에는 인덕선–동탄선, 구로–수원 BRT, 수원역–장안구청 트램 등 3개의 교통결절점이 확정되어 있다. 더욱이 2018년에 확정된 경기대–호매실 신분당선 연장선(2024년)의 신설역으로 장안구청역이 추가된다면 장안구청역은 총 4개의 교통 요충지로 이용객 확보가 충분하다.

둘째, 장안구청역은 수원 도심의 교통을 효율적으로 분산시킨다. 수원역 일대는 분당선–수인선 등의 3개 철도교통뿐만 아니라, 107개 노선의 시내·마을·좌석버스 1,242대가 통과되는 극심한 도심교통 혼잡지역이다. 만약 수원역이 GTX–C 출발역으로 추가된다면 수원역 일대의 도심교통은 더욱 혼잡스러워져 수원시 도심 전체에 영향을 줄 것으로 예측된다. 최근 서울시 도심교통 분산을 위해 2016년 개통한 서울시 SRT수서역을 참고할 수 있다. SRT수서역은 KTX서울역으로 고속철도교통이 집중되는 서울 도심의 교통혼잡을 분산시킨 성공적인 정책으로 평가받고 있다.

셋째, 장안구청역은 수원시의 균형발전에 큰 역할을 한다. 수원시의 2030년 도시기본계획은 1개의 도심(수원역–시청–화성)과 장안(북수원 생

이재준의 뚜벅뚜벅

활권) 등 5개의 부도심으로 공간구조를 구상하고 있다. 이중 장안은 도심과 어타의 부도심과 비교해 평균아파트 가격이 가장 낮고 쇠퇴했으며 낙후된 생활권이다. 따라서 GTX-C 출발역으로 장안구청역을 선정하면 쇠퇴하고 낙후된 장안을 발전시키는 동력이 될 수 있으며, 이것이야말로 균형발전 정책의 적절한 대안이다.

넷째, 장안구청역은 편리하고 안전하게 계획할 수 있다. 현재 수원역은 기존 철도 교통시설망이 복잡하게 얽혀 있다. 이에 안전하고 편리한 광역급행철도역을 새로 신설하기엔 많은 어려움이 따르는 것이 현실이다. 그러나 새로 신설될 장안구청역은 GTX-C 출발역으로 보다 편리하고 안전하게 계획하고 설계할 수 있다. 인덕선-동탄 신수원선, 구로-수원 BRT, 수원역-장안구청 트램, 신분당선 연장선 등 모든 교통시설은 향후 계획되고 설계될 예정이다.

이와 같이 수원시 도심교통 분산, 균형발전 정책, 그리고 편리한 GTX 역사 계획을 위해 GTX-C 출발역으로 '장안구청역'을 대안으로 선정하는 것은 충분한 명분을 갖는다.

02
장안의 도시계획적인
토지활용방안

인간의 주거와 활동기능을 능률적 이면서 효과적으로 공간에 배치하는 계획을 도시계획이라고 한다. 도시계획으로 토지이용을 규정하는 용도지역은 주거지역 · 상업지역 · 공업지역 · 녹지지역으로 분류된다. 이러한 용도지역은 토지를 질서 있고 합리적으로 실행하기 위한 제도적 장치로서 토지이용계획土地利用計劃을 수립해 도시를 관리한다. 토지이용계획은 20년을 목표로 하는 도시기본계획을 통해 수립하고, 5년마다 시대적 여건 변화에 맞추어 재정비한다.

이러한 도시계획은 공적인 재정투자 없이 도시를 활성화하는 효율적인 수단이다. 현재 수원시는 서울을 제외하고는 국내에서 가장 최고의

이재준의 뚜벅뚜벅

과밀도시로 형성되어 있고, 장안구의 경우 토지이용이 가장 낙후되어 있다. 따라서 수원시 장안구의 용도지역 분석을 통해 시대적 여건 변화에 따른 장안구의 토지이용 활성화 방안을 다음과 같이 제안한다.

장안구 토지이용 활성화 방안 4가지

첫째, 장안 1번 국도변을 상업공간으로 토지이용을 활성화해야 한다. 현재 수원시 상업지역의 입지분포는 매우 비효율적이다. 수원시 상업지역은 수원역을 따라 수원화성 주변 도로변과 수원시청 주변, 광교, 호매실, 영통 등의 신도시에 입지해 있다. 2018년 기준 수원시 전체 상업지역 면적은 584만 2,839㎡로, 팔달구(40.4%), 권선구(25.4%), 영통구(22.7%), 장안구(11.5%) 순으로 차지하고 있으며, 장안구는 수원시 행정구 중 상업지역 분포가 가장 적다. 따라서 장안구 1번 국도변을 중심으로 용도지역을 상업지역으로 종상향Up-Zonning시켜 도시를 활성화해야 한다.

다행히 현재 장안구 1번 국도변은 인덕선-동탄선(2026년), 구로-수원 BRT(2021년), 수원역-장안구청 트램(2022년) 등이 확정되어 교통 요충지로 발전될 예정이다. 다양한 교통시설 입지는 토지이용 고도화의 명분이 된다. 따라서 도시기본계획에 따라 2030년까지 추가로 필요한 0.68㎢의 상업면적을 장안구의 역세권 중심으로 중심상업지역을 배치하고, 1번 국도변을 따라 호텔과 사무실 공간 등 상업지역과 준주거를 입지시켜 토지이용을 활성화해야 한다.

수원시는 인구 대비 주거지역이 상대적으로 낮은 용도지역으로 구성되어 있다. 현재 수원시는 도시면적 대비 주거지역이 36.8%를 차지한다. 전체 주거지역 면적 중 1종 일반주거지역 26.9%(12.0㎢), 2종 일반주거지역 45.7%(20.34㎢), 제3종 일반주거지역 21.6%(9.61㎢), 준주거지역 5.5%(2.45㎢) 등으로 구성되어 있다.

2018년 기준 수원시 전체의 제1종 일반주거지역 면적은 1,097만 6,133㎡로, 장안구(34.3%), 권선구(29.5%), 팔달구(23.3%), 영통구(12.9%) 순으로 차지하고 있으며, 장안구는 수원시 행정구 중 제1종 일반주거지역이 가장 많이 분포한다. 특히 장안구는 주거지역 중 79% 이상이 제1종과 2종 주거지역으로 구성되어, 상대적으로 주거지역 밀도가 낮은 편이다. 이는 장안구가 압축도시로 발전하는 데 장애요소가 된다. 따라서 장안구의 가장 낙후된 제1종과 2종 주거지역을 중심으로 제3종 주거지역, 준주거지역으로 종상향(Up-Zonning)시켜 주거환경을 개선해야 한다.

현재 수원시는 영통구와 권선구에 집중된 공업지역을 제외하고는 공업지역 입지가 불균형적이다. 2018년 기준 수원시 전체 공업지역 면적은 435만 6,071㎡로, 영통구(66.2%), 권선구(28.9%), 장안구(4.9%) 순으로 차지하며, 공업지역을 배치할 수 없는 팔달구를 제외하면 장안구는 수원시 행정구 중 공업지역이 가장 적게 분포한다. 따라서 장안구의 공공기관 이전적지 혹은 장기 미집행 도시계획 시설용지에 첨단산업단지를 유치하여 공업지역을 확대해 일자리와 경제활성화를 도모해야 한다.

넷째, 압축도시로서의 장안구 도시계획이 필요하다. 2018년 기준 수원시 전체 6,758만 6,889㎡ 녹지 면적은 수원시 행정구역의 55%를 차지한다. 그중 자연녹지지역 48.2%, 개발제한구역 24.4%로 구성되어 있다. 또한 행정구역 대비 녹지면적은 팔달구(23.2%), 영통구(43.5%), 권선구(64.3%), 장안구(66.7%) 순으로, 장안구는 수원시 행정구 중 가장 많은 녹지지역이 분포한다. 따라서 쾌적한 도시환경을 위해 녹지는 보전하되, 압축도시를 위한 장안의 도시계획이 필요하다.

도시계획은 공적인 재정투자 없이 도시를 활성화하는 효율적인 수단이다. 낙후된 장안구를 활성화하기 위해서는 장안구 1번 국도변의 상업지역화, 주거지역 종상향, 공업지역 확대를 통한 산업단지 유치, 압축도시로서의 장안구 도시계획 등을 제안했다. 도시계획으로 토지활용을 합리적으로 지정하는 것은 생동감 있고 활력 있는 장안구의 미래를 위한 일이다.

정자동
국가공유지의 변신

"시민의 손으로 도시를 만들자"는 필자가 학자와 행정가를 거쳐 정치인으로 성장하면서 지금까지 일관되게 가져온 철학이다. 우리가 거주하는 동네의 문제를 직접 참여해서 발굴하고 다양한 협의와 합의를 거쳐서 직접 주민들이 해결하자는 것이 "시민의 손으로 도시를 만들자"라는 철학이다. 지금 많은 지자체에서 추진하는, 주민들이 직접 참여하는 마을만들기와 도시재생정책이 그 작은 사례이다.

**국가공유지를
활용하자**

포용도시 시대를 맞이하여 경기연구원과 경기도의회가 주최한 '포용도시기반 국가

이재준의 뚜벅뚜벅

공유지 활용방안 정책토론회'가 수원시 북수원도서관에서 열렸다. 다행히 많은 경기도민이 관심과 열정을 보여주었다. 토론회에 참여한 시민 대표 토론자들은 그동안 자신들의 바람과 경험, 그리고 해결방안을 제시했는데, 토론회 과정에서 보여준 주민들의 열정을 통해 이제 '시민이 만드는 도시'의 희망을 발견할 수 있었다.

수원시 장안구 정자3동에 위치한 기획재정부의 국가공유지에 대한 활용방안이 지역 문제로 떠올랐다. 장안구 택지개발 과정에서 국가공

유지가 활용이 안 된 채 지난 20년 동안 방치되어 있었다. 원래는 수원세무소의 이전부지였으나 수원세무소가 영통 지역으로 이전된 이후 지금까지 방치되고 있는 공유지인 것이다. 물론 잠시 법무부의 토지로 위탁되어 청소년교육원 등의 사업이 검토되었으나, 시민들과 합의가 되지 않아 현재까지 아무런 조치 없이 내버려져 있었다.

이렇게 방치된 공유지를 활용하려 했지만 주변의 심각한 주차난을 위한 임시주차장도, 도시농업의 임시텃밭도, 휴식처로서의 임시꽃밭도 허용되지 않았다. 심지어는 주민편의시설을 만들어달라는 지역주민들의 민원도 묵살되었다. 수원시 정자동 도심 중앙에 약 200여 평의 공유지가 지난 20여 년간 방치되어 볼썽사나운 잡초 경관과 각종 해충의 서식처로 전락해 현재까지 이어지고 있다.

국가공유지 활용방안과 포용도시

포용도시 차원에서 방치된 국가공유지는 주민의 품으로 돌아와야 한다. 이번 토론회는 이러한 측면에서 추진되었다. 수원시 정자동 주민들의 입장을 대변하는 도의원·시의원들이 발 벗고 나서 국가공유지 문제가 공론화되기 시작했다. 공론화 연장선상에서 개최된 이번 토론회에는 학계, 행정가, 정치인, 주민대표들이 참석했다.

토론회에서는 국가공유지를 활용하는 방안과 관련한 '포용도시'라는 개념이 제시되었다. 새로운 도시의 의제인 포용도시는 필자가 여러 신문칼럼이나 강연에서 언급했듯이 사회적 약자인 소외계층을 포함한 "모두를 위한 도시"를 의미한다. 도시의 공용공간과 정치적 참여, 다양성을 인정받는 도시를 지향하는 것이다.

예를 들면 정자동 국가공유지 활용방안으로 여성, 청소년, 노인, 다문화가족 등 사회적 약자를 배제하지 않는 주민편의시설이 필요하다는 의견이 제기되었다. 또한 최근 주요 이슈인 청년 취업난 해소를 위한 리빙랩Living Lab, 팹랩Fab Lab 등의 벤처창업지원센터 건립이 제안되었다. 특히 도시의 주인인 주민이 직접 참여하여 결정하고, 그 공간 관리도 시민 주도의 새로운 모델을 제안한 점은 의미가 있었다. 논의의 초점에는 우리 모두를 위한 도시라는 '포용도시'가 굳건히 자리를 잡고 있었다.

앞으로 문재인 정부에서 포용적인 성장을 위한 '포용도시'는 구체적으로 발전될 것이다. 정자동 주민들의 토론과 행동을 통해 주민들의 청원운동과 게릴라 가드닝Guerilla Gardening 운동을 통해 포용도시가 시작될 수도 있다. 물론 시민들의 적극적인 참여가 바탕이 되어야 한다. 북수원도서관에서 시작된 시민들의 작은 울림이 대한민국 전역으로 확산되기를 기대한다. 벌써부터 장안구 주민과 함께할 '포용도시'의 실현이 기대된다.

수원의 미래… '장안 성장판 3대사업'
북수원테크노밸리

"5만명 일자리 · 100조 매출…
제2 판교로"

"북수원테크노밸리가 조성되면 판교처럼 5만 명의 노동자가 일할 수 있고, 100조 원의 매출액을 올릴 수 있을 것입니다"

이재준 더불어민주당 수원갑지역위원장은 24일 경기일보와 경기도의회, 경기연구원과 함께 마련한 '북수원테크노밸리 조성방안 토론회'에 참석해 "장안 성장판 3대 과제 중 하나인 북수원테크노밸리는 성남 판교테크노벨리를 보며 떠올린 구상"이라며 이 같이 말했다.

이재준 위원장은 북수원테크노밸리 조성의 필요성과 관련, "일자리 문제 해결을 위해서다. 현재 SK케미칼 공장이 떠났고, SKC 수원공장도 환경피해로 인해 유지하기 어려운 상황이다. 또한 주요 공공기관 이전도 겹치면서 경기침체와 공동화로 도시가 활력을 잃었다"면서 "생계형 서비스업에 집중된 산업구조의 문제점을 해결하기 위해 고용 확장성이 크고 환경 피해가 적은 신규 거점산업을 육성해야 한다"고 설명했다.

이어 "성남 판교테크노밸리는 44개 필지, 45만 4천964㎡ 면적으로 조성돼 2018년 기준 1천309개 기업, 6만 3천50명이 근무하고 있다. 매출액은 87조 5천억 원에 달하며 경기도 지역내총생산의 21.1%를 차지한다"면서 "환경 영향이 적은 IT, CT, BT, NT 기업들이 입주해 장안의 특성에도 부합한다. 수원은 이미 삼성전자를 비롯한 ICT, 드론산업, 로봇산업 등의 융복합 첨단산업 기반이 잘 갖춰져 있기 때문에 4차 산업혁명의 ICT를 기반으로 한 첨단산업단지 조성 경제성이 탁월하다"고 덧붙였다.

또 이재준 위원장은 경제적 파급 효과에 대해서는 "단계적으로 장안에 약 50만㎡ 면적의 테크노밸리를 조성할 수 있을 것으로 본다. 판교테크노밸리와 비슷한 규모"라며 "만약 북수원테크노밸리가 조성된다면 판교처럼 5만 명의 노동자가 일할 수 있고, 100조 원의 매출액을 올릴 수 있을 것으로 예상한다"고 말했다.

그러면서 "수원시는 내년에 3천억 원(세입예산 대비 15%)의 예산감소가 예상되는 상황인데, 가장 큰 원인은 삼성의 지방소득세 2천억 원 감소다"라며 "판교테크노밸리에서 나오는 세수로 재정이 탄탄한 성남시와 비교되는 부분이다. 따라서 판교처럼 북수원테크노밸리가 조성되면 수원시 재정에도 크게 기여할 것"이고 강조했다.

(2019년 10월 24일 경기일보)

Ⅴ

통일한국 시대를
준비하다

한반도는 지금 새로운 역사로 전환되고 있다. 한반도 신경제지도 구상은 한반도의 세 축, 즉 서해 안과 동해안, 비무장지대를 H자 형태로 개발해 한반도 및 동북아에 새로운 경제권을 창출하자는 것이다. 이러한 한반도 신경제지도 구상의 출발은 반드시 '경기도판 한반도 신경제지도 구상'으로 경기도가 그 중심에 서야 한다. 경기도는 남북 접경지역 경계에 위치할 뿐만 아니라, 자본과 산업 이 가장 집중된 지역이기 때문이다.

01

한반도
신경제지도구상

　　　　　　　　　　　　한반도는 지금 새로운 역사로 전환
　　　　　　　　　　되고 있다. 남북 판문점 선언, 북미
싱가포르 선언에선 한반도 평화체제를 각각 예고했다. 남북한 종전선언
과 평화협정이 체결되면 남북한 접경지역에 많은 변화가 예상된다. 특
히 남북한 경제협력이 급격히 발전할 것이다. 남한의 자본과 북한의 저
임금 노동력 결합 등과 같은 기존의 방식을 넘어 첨단산업 분야까지 남
북한 경제협력을 병행할 경우, 남북한 모두 획기적인 경제발전의 분수
령이 될 것이다. 이러한 남북한 경제협력은 지난 판문점 선언에서 문재
인 대통령이 김정은에게 전달한 '한반도 신新경제지도 구상'에서 잘 나
타난다.

　　　　　　　　　　　　　　　　　이재준의 뚜벅뚜벅

한반도 신경제지도 구상은 서해안과 동해안, 비무장지대DMZ 등 한반도의 세 축을 H자 형태로 개발해 한반도 및 동북아에 새로운 경제권을 창출하자는 것이다. 이러한 한반도 신경제지도 구상의 출발은 반드시 '경기도판 한반도 신경제지도 구상'으로 경기도가 그 중심에 서야 한다. 왜냐하면 경기도는 남북 접경지역 경계에 위치할 뿐만 아니라, 자본과 산업이 가장 집중된 지역이기 때문이다. '경기도판 한반도 신경제지도 구상'에 대해 다음과 의견을 제시해 보고자 한다.

**경기도판 한반도
신경제지도 구상**

첫째, 남북 평화공동체의 '통일경제특구'를 꿈꾼다. 통일경제특구는 남북한의 DMZ 접경지역 공간에 행정과 정치적인 자치권을 가지는 새로운 평화공동체를 꿈꾸는 것이다. 물론 그 출발은 현재 국회에 제안된 통일경제특구법의 '통일경제특구'에 기초하는 것이 현실적이다. 통일경제특구는 경의선 · 경원선 축을 중심으로 경기북부 접경지역 혹은 미군 이전 공여지에 남북경제교류 중심지로 최소 100만 평 이상의 경제특구를 조성하는 것이다.

경제특구는 과거 개성공단과 같이 한정된 남북간 경협 방식과는 달리 미국 · 중국 · 일본 · 러시아 등 주변국과 국제기구의 투자를 유치하는 '국제적인 경제공동체'로 만들어 가는 것이 바람직하다. 아울러 시범적으로 남북한의 경제공동체보다 더 손쉬운 평화공동체로서 '평화자치

마을'을 조성하는 방법도 추진해 볼 수 있다.

둘째, 세계적인 축제의 장으로 'DMZ생태평화벨트'를 꿈꾼다. 한반도 DMZ는 생태환경의 조화로운 보전과 평화적 활용방안으로 DMZ를 세계적인 축제의 장으로 'DMZ생태평화벨트'를 조성할 필요가 있다. 한반도 DMZ를 따라 생태평화관광지구 인프라를 구축하고 다양한 생태평화 프로그램을 개발해야 한다. 가장 손쉬운 방법은 DMZ의 남방한계선을 따라 설치된 군 순찰로를 활용해 개발하는 '평화올레길'과 기존에 개발된 '평화누리길'을 따라 거점별 평화관광지구를 조성하여 전세계인들이 참여하는 '세계평화축제'를 개최하는 것이다.

셋째, 경의선과 경원선을 축으로 '한반도 경제발전 교통인프라'를 꿈꾼다. 경의선과 경원선을 주축으로 '수도권 북부 고속도로망 정비'와 '경기북부 광역철도망 확충'을 통해 한반도 경제발전의 동력을 확보하는 것이다. 수도권 북부 고속도로망 정비는 서울─문산 고속도로, 수도권 제2순환고속도로, 강화─간성 고속도로, 송추─동두천─연천 고속도로 등을 조속히 추진하고 준공한다. 또한 경기북부 광역철도망 확충은 GTXA노선 파주 연장, 수서발 KTX의정부 연장, 경원선 전철 연장, 경의중앙선 연장 등을 획기적으로 확충한다.

이재준의 뚜벅뚜벅

▶ 3대 경제벨트

환동해
경제벨트

접경지역
경제벨트

환서해
경제벨트

■ ■ ■ 한반도 신경제 자료

(출처: 통일부 https://www.unikorea.go.kr/unikorea/policy/project/task/precisionmap/)

넷째, 경기도와 기초지자체의 다양한 '남북교류'를 꿈꾼다. 경기도는 문화예술과 체육 등의 다양한 남북교류를 지속적으로 추진해 평화통일의 마중물 역할을 할 필요가 있다. 또한 31개 경기도 기초지자체의 남북교류 사업을 적극적으로 지원하고 유도하여 민족화합과 통일에 앞장서야 한다. 기초지자체별 남북교류 사업은 주택지원 사업, 숲 조성 사업, 마을 만들기 사업, 화장실 개선 사업 등 지자체 특성에 적합한 다양한 사업을 적극적으로 지원하고 유도해야 한다.

이와 같은 경기도 중심의 '경기도판 한반도 신경제지도 구상'이 성공하려면 체계적이고 지속가능할 수 있게 추진되어야 한다. 우선 경기도민들이 이해하고 합의할 수 있는 종합적이고 구체적인 '경기도판 한반도 신경제지도 구상'의 마스터플랜을 조속히 마련할 필요가 있다. 아울러 '경기도판 한반도 신경제지도 구상'을 전담하거나 지원할 수 있는 '경기남북경협센터' 혹은 '경기평화재단'과 같은 경기도 신규 조직을 설립하는 것도 필요하다. 왜냐하면 남북경협의 새로운 역사는 경기도가 그 중심에 서야 하기 때문이다.

02

DMZ에 남북 평화특별자치시를

한반도는 지금 새로운 역사로 전환되고 있다. 지난 4 · 27 남북 판문점 선언에선 종전선언을, 6 · 12 북미 싱가포르 선언에선 한반도 평화체제를 예고했다. 또한 남북정상의 평양선언은 비핵화를 비롯한 군사긴장 완화, 남북경협을 통한 항구적인 '한반도 평화'를 예고하고 있다. 이를 기초로 향후 남북한 종전선언과 평화협정이 체결된다면 남북경제협력은 이제 현실이 된다. 특히 한반도 및 동북아에 새로운 경제권을 창출하는 '한반도 신경제 구상'은 실체화할 것이다. '평화가 곧 경제'인 시대가 되는 것이다.

**평화의 상징물
DMZ**

남북간 평화 분위기가 형성되면서 자연스럽게 DMZ에 관심이 쏠린다. 분단의 상징인 DMZ는 유네스코 생물권보전지역으로 등재할 가치가 있을 만큼, 천혜의 자연환경이 잘 보존된 세계적인 생태계의 보고이다. 또한 20세기 세계 냉전사의 마지막 유물로 남아 있는 평화의 상징물이다. 따라서 DMZ 전체는 세계평화공원으로 지정하고 보전할 필요가 있다.

부분적으로는 2개의 지역에 화해와 협력, 평화의 상징 공간으로 활용할 필요도 있다. 예를 들면 북측의 개성공단과 남측의 통일경제특구와 연계한 DMZ에 평화특별자치시(가칭)를, 북측의 금강산과 남측의 설악산을 연계한 DMZ에 국제관광도시(가칭)를 조성해 평화의 상징 공간으로 활용할 수 있다. 남북경협이 현실화되는 시점에 남북 중립도시로서 DMZ에 남북 평화특별자치시(가칭)가 조성되기를 바란다.

**DMZ의 남북
평화특별자치시(가칭)**

남북 평화특별자치시(가칭)는 정치적 이념을 초월해 행정이나 재정, 정치적인 자치권이 독립된 새로운 평화공동체로 조성될 필요가 있다. 이 평화공동체는 한반도는 물론 동북아의 새로운 경제권을 창출하는 것을 목표로 한다. 남북을 연결하는 완충도시로서 북한의 개성공단과 남한의 통일경제특구를 연계하는 DMZ에 최소 100㎢의 면적으로, 인구 20만~30만 규모의 자족적이며 복합적인 도시를 말한다. 이는 과거 개성공단과 같이 남북경협에 한정된 방식과는 달리 미국 · 중국 · 일본 · 러시아 등 주변국과 국제기구의 적극적인 투자를 유치하는 '국제적인 경제공동체'로 추진할 필요가 있다.

또한 제4차 산업혁명의 플랫폼인 스마트시티Smart City로서 ICT 기반의 남북 학습 · 연구 · 창업 경제생태계를 추진할 필요가 있다. 아울러 평화특별자치시(가칭)는 향후 미래도시로서 ICT 기반도시, 탄소중립도시, 친환경적인 생태도시, 폐기물 제로도시, 사람 중심의 대중교통 중심도시, 에너지 자립도시, 지역 자연재료(건축, 음식 등) 등의 다양한 도시설계를 적용할 필요가 있다.

물론 남북 평화특별자치시(가칭) 추진은 결코 쉽지 않을 것이다. 그래서 먼저 남북간의 이해관계 조정과 합의서 체결, 남북간의 평화특별자치시(가칭) 지원 특별법 제정, 그리고 주변국들의 참여가 동반되어야 성공할 수 있다. 무엇보다 더 현실적인 문제는 투자 재원이다. 북한은 현재 대규모 투자 재정에 한계가 있고, 남한 역시 가용 투자 재원이 충분치 않은 실정이다. 따라서 남북 평화특별자치시(가칭) 추진은 먼저 남북한의 토지무상 지원 하에 시작하여 국내 공공재원(대외경제협력기금, 대북차관, 공공기관 대북사업기금 등)으로 추진하고, 점차 미국 · 중국 · 일본 · 러시아 등 주변국과 국제기구의 투자 유치를 통한 국제 컨소시엄 방식으로 완성해 나아가는 것이 현실적이다.

또한 평화와 첨단과학기술 관련 국제적인 대학 및 교육기관, 연구기관, 벤처창업기관을 비롯해 Unicef, UN Habitat, WHO, UNESCO 등의 UN국제기구와 적극적으로 결합하거나 유치할 필요가 있다. 또한 시행착오를 줄이기 위해 '디지털 이데아digital idea'를 선행적으로 구축할 필요가 있다. 디지털 이데아digital idea는 누구나 자신이 살고 싶은 도시를 가상화 또는 구체화할 수 있는 온라인 플랫폼이다. 온라인 플랫폼으로 디지털 공간에서 남북한 주민들의 의견을 모아 가상도시를 만들고 다양한 실험을 통해 시행착오를 줄일 수 있다.

이러한 남북 평화특별자치시(가칭)는 향후 충분한 논의를 거쳐 발전시킬 필요가 있다. 2018년 9월 19일에 개최된 원혜영 국회의원 주관의 'DMZ 평화도시, 혁신을 논하다'와 같은 토론회가 남북 평화특별자치시(가칭)에 대한 논의의 시발점이다. 평화가 곧 경제인 시대가 바로 우리 눈앞에 있다. 평화를 통해 경제를 꿈꿔보자.

03

북한의 공공주택사업에 참여

모든 인류는 쾌적하고 안정적인 주거생활을 할 권리를 가진다. 따라서 모든 국가는 국민에게 최저주거수준 이상의 적절한 주거를 공급할 의무를 지닌다. 우리가 잘 아는 UN기구가 가장 중시하는 것이 바로 인도적 차원의 주거권이다. 우리나라 주거수준은 현재 주택보급률 103.5%(2016), 1인당 평균 주거면적 31.2㎡(2017) 등으로 주택의 절대 부족은 대체로 해소된 편이다. 그러나 아직 최저주거기준에 미달하는 빈곤층이 5.9%(2017)로 파악되어 포용적인 주택정책을 지속적으로 추진할 과제를 안고 있다. 북한 역시 주민들이 기본적 삶을 영위하고 노동력의 재생산을 도모하기 위한 주택을 가장 중요한 재화의 한 종류로 보고 있다. 남북경제협력시대에 북한의 주거실태를 살펴보자.

**북한의
주택 실태** 모든 형태의 주택을 북한에서는 살림집이라고
부른다. 살림집은 우리나라의 일반주택에 해당
하는 '땅집'과 '아파트'로 구분된다. 땅집은 독집(단독주택), 문화주택(연립
주택), 하모니카주택(다세대/단층주택) 등으로 구분된다. 살림집은 국가의
계획 아래 공급되고 배정되지만, 시장 활성화에 따라 자본이 축적되면
서 시장을 통한 살림집(주로 아파트) 공급이 늘어나고 있다.

토지주택연구원의 연구(2015)에 따르면 북한 당국의 발표로는 주택보
급률 99.8%이나 실제는 가구수 대비 30~40% 부족한 것으로 파악된다.
주택유형별 비중을 살펴보면 연립주택이 43.9%로 가장 많고, 단독주택
33.8%, 아파트 21.4%이다. 도시지역 공동주택 비율은 32.5%인데, 이중
평양은 61.7%로, 단독주택 비율은 6.4%에 불과해 평양이 타 지역에 비
해 아파트 중심의 도시임을 알 수 있다.

집안에 수도가 설치된 세대가 도시지역 89.5%, 평양 95.7%로 대부
분 식수 공급에 문제가 없는 것으로 조사되었다. 수세식 개인화장실을
설치한 주택비율도 도시지역의 경우 66.3%, 평양의 도시지역은 83.5%
로 조사되어 도시 생활을 위한 기본인프라 구축은 이루어진 것으로 보
인다. 난방시설의 경우도 단독주택의 66.8%가 나무를 연료로 사용하고
있으며, 공동주택의 경우 60% 정도가 가정용 석탄난방을 사용하는 것

으로 조사되었다. 보일러를 사용하는 한국과는 달리 북한은 주방에서 석탄이나 땔감을 이용하기 때문에 일산화탄소를 동반한 매연 발생으로 주방과 식탁이 구분되는 주택 구조가 특징적이다.

**북한의
주택 변화**

북한의 주택은 소유권이 아닌 사용권을 가진다. 살림집은 당국으로부터 입사증을 교부 받아 거주비용으로 평균 생활비의 3% 정도의 비용을 주택관리기관에 납부한다. 공식적으론 주택매매가 불법이지만 최근 평양과 같은 대도시를 중심으로 약 70% 이상 살림집 매매가 음성적으로 이루어지고 있다. 자본주의 시장인 '장마당'처럼 입사증(등기부등본)으로 살림집이 거래되는 주택시장이 자리 잡은 것으로 파악되고 있다.

이러한 주택시장은 근본적으로 북한의 주택 부족에 따른다. 북한은 1980년대 전후 베이비붐 세대의 결혼 적령기를 기점으로 주택 부족이 극에 달했고, 고난의 시기인 1990년 중반 이후에는 주택 배급제가 사실상 붕괴되었다. 2000년대 이후에 남한과 같이 신도시 내 아파트 건설붐은 국가권력, 개인투자자(돈주), 관료들이 결합해 일정한 주택시장을 형성하고 있는 것이다.

현재 북한에 조성되는 80%의 아파트는 민간에 의해 건설되며, 신축된 아파트의 1/3 정도가 시장에서 거래되고 있는 것으로 추정되고 있다. 이러한 북한의 아파트 중에는 수영장과 피트니스 시설도 갖춘 대동 강의 고급아파트인 '평해튼_{평양의 맨해튼}'과 같은 고급아파트가 존재하기도 한다. 그러나 대부분의 아파트는 부실시공으로 인한 각종 안전사고에 노출된 정도가 심각한 수준이다. 특히 최소 8층 이상 의무적으로 설치하는 아파트 승강기_{엘리베이터}는 심각한 전력난으로 인해 운행이 어려운 실정이다.

북한의 주거 수준은 특수한 계층을 제외하고는 대부분 UN이 정한 최저주거기준에도 미달하는 것으로 파악되고 있다. 또한 경제난을 극복하는 과정에서 북한의 주택은 시장화가 가속화되고 있으나, 자본투자와 기술 수준이 매우 열악하다는 것을 쉽게 짐작할 수 있다. 따라서 지금과 같은 남북경제협력 시대에 인도적 차원에서라도 북한 주민들의 최소한의 주거권을 적극적으로 고민할 필요가 있다.

최근 북한 주택과 관련한 토론회에서 이 같은 북한의 주택문제 해결에 드는 총비용이 약 7조 원 정도로 추정되었다. 따라서 남북경제협력을 앞두고 기본권 관점에서 기존 주택 재건축 및 리모델링 사업, 상하수도, 전력 등 생활인프라 사업, 남북이 상호 이익이 되는 공공주택사업 등 다양한 정책적 참여방안을 모색할 필요가 있다.

이재준의 뚜벅뚜벅

1~2) 네이버 블로그 2016.08.02. (http://blog.naver.com/retech/220777692029) ; GMRI 2016-468호 2016.08.02. 재인용.

3) 김태엽(2008), 신도시 해외진출 확대를 위한 비즈니스 모델 개발 연구./ 안정수(2015), 판교신도시 주민의 일상생활 패턴에 관한 연구, 공주대학교 교육대학원./ 이재준(2015), 월간국토 2015년 2월(통권400호), 국토연구원.

4) 청와대(2017), 문재인 정부 국정운영 5개년 계획 및 100대 국정과제, 2017.07.19. 정책보고서.

5) 최지호(2018), 2018 국정과제 추진계획 시달.

6~8) 이재준(2017), 역대 대통령 선고와 도시정책. (2017.01.01.), 행정공제회.

9~10) 경기도의회(2018), 경기도형 포용도시 정책 및 실천방안, 경기도의회.

11) 국토연구원(2017), 월간국토 2017년 11월(통권 433호), 국토연구원./ 유은혜 외(2017), 도시재생 문화재생: 자치분권과 균형발전의 해법, 서울: 박주민의원실.

12~16) 경기도의회(2018), 경기도형 포용도시 정책 및 실천방안, 경기도의회.

17~19) 이재준(2015), 월간국토 2015년 2월호(통권 400), 국토연구원.

20) 이재준(2015), [특집] 위기에 대응하는 회복력 있는 국토7 지속가능한 도시 회복을 위한 혁신: 수원시의 거버넌스 정책 실험과 성과.

21~24) 이재준(2015), 월간국토 2015년 2월호(통권 400), 국토연구원.

25) 수원시청 e-book 자료홍보관 자료(http://www.g9com.com/go-mh1004.html).

26) 이재준(2015), [특집] 위기에 대응하는 회복력 있는 국토7 지속가능한 도시 회복을 위한 혁신: 수원시의 거버넌스 정책 실험과 성과.

27) 수원시, 와글와글수원[시정소식지 2012.9월호], 수원시 e-book 자료홍보관, 수원시.

28) 수원시청 e-book 자료홍보관 자료(http://www.g9com.com/go-mh1004.html).

29) 이재준(2015), 월간국토 2015년 2월호(통권 400), 국토연구원.

30) 수원시, 와글와글수원[시정소식지 2012.9월호], 수원시 e-book 자료홍보관, 수원시.

31~44) 이재준(2015), 월간국토 2015년 2월호(통권 400), 국토연구원.

45~48) 이재준(2018), 공유경제가 바꿀 도시의 모습, (2018.10.01.) 대한지방행정공제회.

49) 이재준(2008), 제4주제 저탄소 녹색성장과 문화체육관광 정책.

50) 이재준(2014), 지자체 입장에서의 개발제한구역 적용 및 정책 제안, (2014.04.01.) 행정공제회.

51~64) 이재준(2016), 제4회 세계인문포험 희망의 인문학 – 분과발표 토론문, 한국연구재단.

65) 유은혜 외(2017), 도시재생 문화재생[전자자료]: 자치분권과 균형발전의 해법, 서울: 박주민의원실.

66) 김태엽(2008), 신도시 해외진출 확대를 위한 비즈니스 모델 개발 연구.

67) 안정수(2015), 판교 신도시 주민의 일상 상황 패턴에 관한 연구, 공주대학교 교육대학원.

68) 국토연구원(2017), 월간국토 2017년 11월(통권433호).

69) 조환진(2017), 방치건축물 2차 선도사업 정비모델 수립 및 선정연구.

70) 국토연구원(2017), 월간국토 2017년 11월(통권433호).

71) 의안정보시스템 홈페이지 http://likms.assembly.go.kr/bill/billDetail.do?billId=PRC_H1I7U0O6Y0P7C0I9Z5R0V1Y9V3J4C4#19

72) 유은혜 외(2017), 도시재생 문화재생[전자자료]: 자치분권과 균형발전의 해법, 서울: 박주민의원실.

73) 이영은 외(2018), 도시재생사업의 총괄 운영 주체 도입 방안.

74~76) 이재준(2016), 월간 에코스케이프(2016.09) 097호, 환경과 조경.

77~80) 이수빈(2016), 도시마케팅 관점에서 본 해외 도시재생 성공사례의 유형화 연구, 서울시립대학교 일반대학원.

81) 박혜령(2016), 현대 예술의 공공성에 관한 연구: 유휴공간의 예술적 활용 사례들을 중심으로, 강원대학교 대학원.

82) 이수빈(2016), 도시마케팅 관점에서 본 해외 도시재생 성공사례의 유형화 연구, 서울시립대학교 일반대학원.

이재준의 뚜벅뚜벅